COLLECTION FOLIO

Chahdort[

Je viens d'a

Gallim

Autrement, 2002.

Romancière et anthropologue, Chahdortt Djavann, née en 1967 en Iran, vit depuis 1993 à Paris. Elle publie son premier roman en 2002, *Je viens d'ailleurs*, écrit directement en français, langue qu'elle ne parlait pas à son arrivée en France. Elle est également l'auteur de *Bas les voiles!* pamphlet contre le voile islamique, *Autoportrait de l'autre,* son deuxième roman, et *Que pense Allah de l'Europe?*

> *Dans la mémoire éphémère du temps*
> *les pages des crimes sont blanches,*
> *enneigées d'oubli.*
> *Un pays bloc de pierre*
> *se durcit et les fissures*
> *se ferment de chagrin.*

Il trempait sa plume dans l'encre bleue, la retirait lentement, la faisait glisser sur le bord de l'encrier pour l'égoutter, puis il la posait délicatement sur la feuille blanche et la laissait danser de la façon la plus noble, la plus sensuelle et la plus élégante qui fût. Les deux coudes posés sur la table, le menton enfoncé dans la paume des mains, je le dévorais du regard. Mon père n'était pas un écrivain. Mais en l'observant, à cinq ans, sans savoir ni lire ni écrire, je me suis juré qu'un jour je ne ferais qu'écrire.

À l'école, ma déception fut grande. J'avais

appris l'alphabet en quelques jours. Je lus d'un trait mon premier manuel. Rien d'extraordinaire. Rien qui fût digne d'être écrit dans un livre. J'avais fini le livre, mon désir restait insatisfait et l'année ne faisait que commencer ! J'ai retenu mon impatience pendant des années sur les bancs de l'école à l'aide de cette force magique qu'est le don de rêver.

C'est ainsi que je suis devenue une mauvaise bonne élève.

Quelques années plus tard, un jour, la directrice du collège me convoqua. Elle m'avertit que, si j'écrivais encore une fois de telles dissertations, je serais renvoyée, à supposer que j'eusse la chance d'échapper à la prison.

C'est ainsi que je suis devenue une interdite : interdite d'écriture, interdite de parole, interdite de pensée.

Il y a sept ans, je ne savais ni lire, ni écrire, ni parler. Pas un mot. C'était une nuit d'hiver, j'arrivais à Paris.

Je me promenai sur les quais de la Seine et sentis ma passion de l'écriture, ma passion d'enfance ressusciter. Je me laissai emporter par cet élan lointain. Je me voyais déjà écrire mon premier livre. Mais le lendemain matin, à la boulangerie, je n'avais pas les mots pour demander ma baguette.

Et c'est ainsi que commencèrent les difficultés de ma vie parisienne.

Ma joie d'apprendre les phrases les plus élémentaires fut semblable à celle d'un enfant prononçant ses premiers mots. Hélas ! j'étais beaucoup trop âgée pour qu'elle fût durable. La dépression me guettait aussitôt que l'enthousiasme retombait.

Quelques mois plus tard, sur le divan psychanalytique, j'étais étonnée de m'entendre me dire dans une langue que je ne connaissais pas.

Cette langue a accueilli mon histoire, mon passé, mon enfance, mes souvenirs et mes blessures. Cette langue m'a accueillie. Elle m'a adoptée. Je l'ai adoptée. Mais, quels que soient nos efforts mutuels, les vingt-quatre ans que j'ai vécus sans elle laisseront à jamais une lacune en moi. Une lacune qui n'est pas un vide. Une lacune remplie de langue persane. Et c'est pour cela qu'il y aura toujours du persan dans mon français.

On me demande souvent d'où je viens. Cette question, je me la suis posée à mon tour, et ce livre est ma réponse. Je viens d'où je parle. Je viens d'où je regarde. Je viens d'ailleurs.

Brûlure

Août 1999, en Bretagne, non loin de Sainte-Marine. C'est une journée très chaude. Éclat du sable incandescent. J'avance dans l'eau. Je suis loin de l'Iran, mais soudain le passé se réveille, m'assiège comme la mer montante et me brûle la mémoire comme le soleil ma peau. La rumeur des souvenirs se mêle à celle de la mer. Elle m'envoûte.

Il y a des souvenirs plus graves que la vie elle-même. La brûlure se fait sentir après le coup. Les dire, les redire, et même peut-être un jour les écrire, ailleurs, autrement, dans une autre langue, permettrait de les conjuguer au passé, de les faire entrer dans un livre, comme une vie vécue autrefois par une narratrice inconnue, anonyme, comme un récit qui se raconte et pourrait être le mien, le vôtre ou celui d'une autre.

J'aimais tant notre amitié

De quoi ne se croit-on pas capable à douze ans quand on a la chance ou la malchance d'être révolté ? J'avais douze ans. Comme les enfants de mon âge, j'avais douze ans. Mais douze mille regrets pesaient déjà sur mon cœur.

À l'époque, à la fin de l'année 1978, on parlait de tout, du communisme, du libéralisme, du capitalisme, du nationalisme, des riches, des pauvres, des prisonniers politiques, du pétrole, de l'économie, de la persécution, de la police secrète, la *savak*. Les révolutionnaires rappelaient que les richesses naturelles de l'Iran sont inépuisables. Leurs idées utopistes inspiraient ou séduisaient beaucoup de gens : toutes les familles iraniennes, entendait-on dire, devraient bénéficier des revenus du pétrole (le prix du brut avait atteint trente-sept dollars par baril), alors qu'ils étaient jusqu'à présent accaparés par l'État et la famille royale.

Ce fut une explosion. Les manifestants parcouraient les rues et leur clameur ébranlait les esprits les plus conformistes. Elle s'entendait de partout, faisait vibrer l'air, gronder l'orage sur la ville et lever dans les cœurs un espoir immense et vague. Aux croisements de rues, derrière les barricades de sacs de sable et de ciment, des jeunes gens armés attendaient les soldats du chah. Chaque soir, il y avait le couvre-feu. La rumeur parlait d'un médecin qui se serait fait tuer en se rendant aux urgences : arrêté par des militaires, il aurait voulu sortir sa carte d'identité de sa poche et un soldat, se croyant menacé, lui aurait tiré dessus.

Dans ma famille, nous nous réunissions, le soir, autour d'un poste de radio pour écouter, malgré les parasites, les informations en persan que diffusait la BBC. Elles plaidaient en faveur d'un certain Khomeyni qui, banni de l'Iran par le chah et après quinze ans d'exil en Irak, venait d'être accueilli en France. Par l'effet d'on ne sait quelle magie, un bruit se répandit dans tout le pays : le visage de Khomeyni le grand libérateur allait apparaître sur la Lune ! À la date annoncée, beaucoup le virent. Et ceux qui ne croyaient absolument pas à ce genre de superstition sortirent quand même pour vérifier. Comment peut-on être persan ?

L'auguste visage de Khomeyni apparut pourtant bientôt, non pas sur la Lune, mais sur toutes les pages filigranées des nouveaux passeports iraniens.

Le chah, perdant l'appui de l'Occident, avait fait appel au peuple : après avoir changé plusieurs fois de Premier ministre, il avait pris la parole à la radio. Exprimant son profond attachement à la nation iranienne et à la patrie, il avait reconnu ses torts et s'était déclaré prêt à toutes sortes de réformes. Mais la foule n'entendait plus rien. Les manifestations devenaient de plus en plus impressionnantes et l'armée du chah était de moins en moins présente. On appelait tout cela la révolution. C'était déjà janvier, nous n'allions plus à l'école et mes parents m'avaient interdit de sortir. Je ne voyais la révolution que de la fenêtre. Finalement, le 16 janvier 1979, le journal de vingt heures nous a montré le chah en larmes devant son avion. Il quittait le pays. Le 1er février, Khomeyni débarquait à Téhéran en vainqueur. La révolution avait triomphé. Dix jours plus tard, elle serait déclarée officiellement terminée.

Les prisonniers politiques avaient été libérés. La liberté était partout, dans toutes les bouches, sur tous les murs. Tout le monde la réclamait, la proclamait. Liberté, liberté, le mot sonnait fort et clair et délivrait les émotions, les paroles longtemps retenues, longtemps prisonnières. J'avais douze ans et la liberté chantait aussi sur mes lèvres.

Les écoles rouvrirent leurs portes. Loin d'être une élève disciplinée, à l'idée de retrouver mes amies je me sentais pleine de joie. Sara, grande fille svelte, avait les cheveux courts, châtain clair, et les yeux marron. Ses lèvres minces exprimaient sa détermination et prononçaient tous les mots avec précision. Moi, la plus petite de l'école, j'admirais autant sa haute taille que sa grande intelligence. Son père, professeur de sciences politiques, et sa mère, journaliste, appartenaient au parti Toudeh, l'un des partis communistes. Ils lui parlaient de philosophie et de politique, l'aidaient à lire beaucoup de livres. À nos yeux, Sara était très savante. Avec son air sérieux et réfléchi, elle faisait plus que ses douze ans. Les parents de Mahsa enseignaient au lycée. D'après elle, ils étaient tombés amoureux très jeunes, quand ils étaient encore lycéens, et aujourd'hui ils semblaient toujours aussi amoureux. Jolie, vive et très attentive aux autres, Mahsa était la première de la classe. Sa frange raide et ses petits yeux noirs de jais donnaient à son visage un air mutin. Elle avait le plus beau sourire du monde. La regarder était un vrai plaisir.

Les retrouvailles ne ressemblèrent pas aux habituels retours de vacances. La révolution avait franchi les portes de l'école, fermées pourtant depuis des semaines. Avant, chaque matin, à l'exception des jours de neige et de grand froid, à huit heures moins le quart, la sonnerie retentissait, les élèves se regroupaient par classes et se rangeaient les unes derrière les autres en file indienne avant de rentrer dans les salles. Un haut-parleur diffusait l'hymne national, puis une musique rythmée sur laquelle nous faisions quelques mouvements de gymnastique. Dès le jour de la réouverture, l'hymne national, la musique rythmée et la gymnastique furent supprimés et remplacés par des slogans révolutionnaires : « À bas les États-Unis ! À bas Israël ! À bas le chah ! Vive l'imam Khomeyni ! »... Ainsi la révolution marquait-elle d'emblée son existence sur le seuil de l'école. Au fil des jours, les changements se firent plus sensibles et affectèrent tous les domaines. Notre directrice, une quadragénaire élégante, fut remplacée. Certaines de nos professeurs se sentaient gênées, peut-être même menacées. Peu à peu, leurs attitudes se modifièrent : les jupes allongèrent, les maquillages pâlirent, les voix se firent discrètes. D'autres, qui n'avaient jamais été coquettes, se montraient maintenant plus à l'aise. Dans les classes, nous étudiions sans manuels, enfin presque. Les manuels d'histoire, d'instruction civique, de littérature persane et d'instruction religieuse nous furent retirés. Les manuels de géographie, de mathématiques et de sciences naturelles, jugés plus innocents, restèrent dans nos mains, mais nous reçûmes instruction de noircir la photo du chah sur la première page. Apparemment, l'histoire que racontaient nos livres ne tenait plus debout et il fallait écrire la vraie histoire, la bonne. Notre instruction civique, monarchique et laïque, devait s'incliner devant les nouvelles lois religieuses. La littérature persane, hélas !

se voulait trop littéraire : elle avait besoin d'une bonne injection de langage religieux. Quant à notre instruction religieuse, visiblement anémique, elle manquait de sérieux : quelques transplantations de dogmatisme, d'esprit belliqueux, de sens du sacrifice et de goût du martyre lui feraient le plus grand bien. Quelles que fussent les bonnes ou mauvaises raisons de ce diagnostic, l'élimination des manuels et l'allégement des programmes, en attendant l'année suivante et les nouveaux manuels, nous rendaient sur le coup la révolution très sympathique.

La salle de spectacle avait été transformée en une sorte de mosquée, de lieu de prière. Dans la cour, les murs s'étaient couverts des slogans des différents partis politiques. Les révolutionnaires se distinguaient les uns des autres, dans notre école comme dans le pays, par leurs différences idéologiques et leurs appartenances politiques. Des conflits s'annonçaient. La liberté allait rencontrer bien des problèmes.

Ces mois d'agitation produisirent une mutation du temps. Une heure comptait plus qu'une heure. Chaque jour marquait son passage dans les mémoires en y gravant un nouvel événement. J'avais l'impression d'avoir grandi de quelques années en l'espace de quelques mois. Mon cœur battait avec une force et une émotion étranges. Je voulais, moi aussi, faire de grandes choses et je croyais qu'on peut changer le monde.

Mon handicap était mon âge. Je venais d'avoir douze ans, mais ce n'était pas grand-chose et ma taille n'avait pas bougé d'un centimètre depuis mes dix ans. Personne ne me prenait au sérieux et ne remarquait mon existence. Pour mes parents, je devais obéir sans poser de questions. Mon père avait l'esprit de contradiction, peut-être même l'esprit critique. Il se déclarait aussi hostile à Khomeyni qu'au régime du chah. Lui-même féodal, il s'opposait au système féodal, suivait l'actualité avec passion, écoutait toutes les radios, lisait tous les journaux et se tenait au courant de ce qui se passait aux quatre coins du monde. Mais, tout brillant qu'il fût, il se comportait en dictateur : l'approcher était impossible et discuter avec lui impensable. Ma mère, elle, ne se souciait ni du pays ni de la liberté. Étrangère à toute idée révolutionnaire, elle affirmait qu'en politique les changements ne font qu'empirer les choses. Elle était en fait, résolument, une conservatrice.

Mes projets et mes désirs n'intéressaient

personne à la maison et je savais d'avance qu'ils auraient été condamnés. J'enviais ses parents à Sara et j'en voulais aux miens de ne pas leur ressembler. Mon enthousiasme d'adolescente ne supportait plus l'indifférence et l'incompréhension. Je voyais désormais mes parents d'un autre œil : un mélange de mépris et de rancune naissait en moi et l'amertume me minait l'esprit. Mais rien ne pouvait brider, briser mon élan. Il fallait que j'agisse.

Un beau matin, j'ai décidé de prendre ma vie en main. Je resterais en apparence la fille docile que l'on me demandait d'être, mais en réalité n'en ferais qu'à ma tête. Pour y parvenir, il n'y avait qu'une solution : le mensonge.

Je me suis engagée aux côtés de Sara et de Mahsa qui s'étaient inscrites à l'association des étudiants communistes. Elles avaient organisé, avec l'aide de nos aînées du lycée voisin, un groupe de travail et d'action au collège. Nous étions une trentaine.

Les manifestants surgirent à nouveau dans les rues, mais, cette fois, ils n'étaient plus unanimes. Les différents partis politiques s'opposaient de plus en plus nettement. Presque chaque soir, il y avait des débats mouvementés à la télévision.

Les universités furent fermées au nom de la révolution culturelle. Elles devinrent le lieu des meetings. Les journaux se multiplièrent. La vie, le pays, les gens, les jeunes, tout avait changé.

Il faut dire que le persan se prête facilement à l'expression rythmée : envahis par le lyrisme politique, les boulevards et les rues de Téhéran retentissaient des slogans les plus divers. Mais seuls les religieux bénéficiaient de l'appui de Khomeyni, le « Guide de la révolution », de la protection du nouveau gouvernement et du soutien des capitalistes du Bazar qui représentaient l'économie du pays. Pour distinguer Khomeyni des autres ayatollahs, les « signes de Dieu », on l'avait instantanément promu imam. Pour les chiites, il n'y avait jusqu'alors que douze imams. Khomeyni, miraculeusement élu treizième imam, ajoutait un nouveau chapitre à l'histoire de l'islam. Pour tous ceux qui le soutenaient, le seul parti légitime était le Hezbollah, le « Parti de Dieu » né après la révolution. Un de leurs slogans proclamait :

> *« Un seul parti*
> *Parti de Dieu*
> *Et un seul guide*
> *L'âme de Dieu. »*

En persan, l'« âme de Dieu » se dit littéralement : *Rouh Allah*, qui se trouvait être, par hasard ou par prédestination, le prénom de Khomeyni. Les religieux scandaient ces phrases rythmées qui avaient les accents d'une incantation poétique et guerrière. Obsédés par la venue prochaine du Messie, Mahdi, le douzième imam, ils affirmaient que seul Khomeyni, en l'attendant, serait le grand Guide. Un autre de leurs slogans priait Dieu de le protéger en attendant Mahdi :

« *Dieu, Dieu, garde-nous Khomeyni
Jusqu'à la venue de Mahdi.* »

À l'école aussi les choses avaient bougé. Toute activité politique y était maintenant interdite. Malgré l'interdiction, nous continuions à suivre notre programme. Tous les matins, avant la sonnerie, nous défilions au pas cadencé dans la cour en chantant nos chants révolutionnaires. Lors des récréations, nous lisions ensemble des extraits de Marx traduits en persan et des journaux communistes. Sara, avec tout son zèle, assumait la responsabilité du programme et animait la discussion après la lecture. Je me souviens de son visage transfiguré par la candeur et l'ardeur de ses pensées. Elle savait si bien parler !

— Personne n'a le droit d'imposer sa croyance et ses convictions à autrui. Nos intellectuels étaient dans les prisons du chah parce qu'ils réclamaient la liberté d'expression. Et voilà qu'aujourd'hui les religieux, à peine au pouvoir, nous menacent, nous arrêtent, nous tuent parce qu'à leurs yeux nous ne sommes pas des croyants. Nous sommes tous des croyants. Nous avons besoin de croire pour vivre. Moi, je crois à l'humanité, à la vie, à la nature, à l'intelligence, à la justice, à la liberté. J'ai la foi et je suis croyante, mais ma croyance et ma foi ne sont pas religieuses, ne sont pas islamiques. Elles sont humaines.

Nous l'écoutions avec fascination. Même celles qui n'appartenaient pas au groupe s'attroupaient autour de nous pour l'écouter. Je dévorais ses paroles et la regardais avec admiration. Je voyais en elle celle que j'aurais voulu devenir.

J'entends parfois sa voix me parler comme si nous étions les adolescentes d'autrefois.

Mon lien avec Sara et Mahsa devenait de plus

en plus fort. Nous passions beaucoup de temps ensemble et nous nous retrouvions chez l'une ou chez l'autre. Chez Sara, les murs étaient couverts de livres. Je n'aurais jamais imaginé que des gens pussent vivre au milieu d'une telle bibliothèque. En quelques mois, je fis la connaissance d'auteurs français et russes, de Dumas à Dostoïevski. Je lisais dans le désordre, mais avec une avidité insatiable. Je découvrais un monde, de nouveaux mondes. Je voulais apprendre et apprendre. Sara nous prêtait ses livres et, avec générosité, répondait à nos multiples questions. Toutes pour une, une pour toutes ! Nous étions les trois mousquetaires. J'aimais tant notre amitié.

La sœur aînée de Sara, Afsané, lui ressemblait beaucoup. Elle portait des petites lunettes rondes et avait une vraie tête d'intellectuelle. Elle allait au lycée voisin de notre collège. Une fois par semaine, Afsané, nous trois et quelques autres lycéennes nous réunissions. Elles avaient dix-sept, dix-huit ans et nous douze, treize ans, mais nous travaillions et discutions ensemble. Pour la première fois, nos aînées nous acceptaient à leurs côtés et nous étions fières de cette camaraderie.

Je suis en panne de mensonge. Nous sommes jeudi soir et je ne sais toujours pas quoi inventer. Demain matin, je dois quitter la maison à cinq heures. Cinq heures, c'est trop tôt pour aller au musée ou à une exposition organisée par l'école. Quoi que je puisse raconter, mes parents ne me laisseront pas partir ; ce soir il n'y a aucune chance. Il me faut un bon stratagème : je me lèverai tôt et, une fois prête, réveillerai ma mère pour lui dire que je pars. En jouant les innocentes, je prétendrai lui avoir déjà parlé de la randonnée en montagne organisée par l'école. Je lui dirai que je suis très en retard et que le minibus m'attend en bas. Encore endormie, prise à l'improviste, le temps qu'elle réalise ce qui se passe, j'aurai filé.

Je viens de fermer la porte. Il fait encore nuit. Je me dirige vers le lieu de rendez-vous. Dans la rue, pas un chat. C'est la première fois que je quitte la maison avant l'aube. La fraîcheur de l'air est douce. Je remplis mes poumons. Je me sens libre, indépendante, presque une adulte. Je me hâte, seul le bruit de mes pas rompt le silence. On dirait une ville abandonnée. Il n'y a qu'absence. Absence du jour, absence de voitures, absence de vie. Tout à coup, apeurée par ce grand silence, je me mets à courir. Ce n'est peut-être pas la peur, mais je me mets quand même à courir. Mahsa, Sara, sa sœur et une autre lycéenne sont déjà là. Les apercevoir de loin me rassure, je ralentis le pas.

Je les salue, nous nous serrons la main. Entre camarades, on ne s'embrasse jamais.

— Je craignais d'être en retard, leur dis-je, un peu essoufflée, pour qu'elles n'aillent pas penser que c'était la peur qui m'avait donné des ailes.

— Tu es tout à fait à l'heure, me répond Sara, et elle ajoute : je suis heureuse que tu aies pu venir.

Au bout de dix minutes, tout le monde est là. Une grande fille brune d'une vingtaine d'années, aux longs cheveux noués en natte derrière la tête, se tient debout à l'avant de l'autobus. Elle échange quelques mots avec Afsané, puis lève la tête. Une chaleur séduisante émane de son visage osseux aux traits accusés. Sa voix est grave et posée.

— Nous sommes plus nombreux que je ne le croyais. Comme vous le savez, nous allons à la campagne, à soixante kilomètres de Téhéran, près de Karaj, pour aider les paysans qui manquent de main-d'œuvre. Vous allez apprendre à récolter les haricots verts ! Nous travaillerons jusqu'à cinq heures, puis irons à l'université de Karaj où nous rencontrerons quelques étudiants. Le retour est prévu à sept heures du soir. J'espère que ce programme vous convient. Pour celles qui ne me connaissent pas, mon nom est Mina Darvichian. Je suis étudiante en botanique. Si vous avez des questions, je serai contente de vous répondre.

Je dors pendant tout le trajet. Hier soir, de peur de ne pas me réveiller, je n'avais pas fermé l'œil de la nuit.

Nous chantons en cueillant les haricots. La journée est chaude, le ciel bleu, le soleil généreux et le bonheur tout proche. Mahsa, Sara et moi échangeons des regards complices. Nous n'avons pas besoin d'explications. Malgré la chaleur, la sueur et la fatigue, nous éprouvons un sentiment de bien-être et de légèreté.

Aujourd'hui encore, quand je repense à ces heures si lointaines, je continue à croire que, même au prix des mensonges que je débitais à mes parents, elles méritaient d'être vécues.

À une heure, nous nous retrouvons sous une grande tente. Les paysans nous offrent du pain et du fromage frais avec du basilic de leur jardin. Nous mangeons avec appétit. C'est délicieux — si délicieux qu'au moment même où j'écris ces lignes, après des années, je sens l'odeur du basilic et du pain qui sortait du four. La joie, la vie, la fraternité s'entendaient dans toutes les voix.

Après une grande tasse de thé, nous repartons au travail. Mina s'approche de nous trois, qui sommes les plus jeunes, et s'inquiète :

— Vous n'êtes pas fatiguées ?

— Non ! nous exclamons-nous d'une seule voix, et nous éclatons de rire.

Elle nous sourit affectueusement.

— Très bien, je vais remplir aussi mon panier.

À cinq heures, nous arrêtons le travail. Les paysans nous remercient :

— Dieu protégera les jeunes gens comme vous, merci, merci beaucoup, Dieu vous le rendra.

Nous leur disons au revoir et montons dans l'autobus.

Sur la route de l'université, deux garçons nous font signe. Un peu affolés, ils sautent dans l'autobus. Apparemment, Mina les connaît bien.

— Il faut faire un détour. La prière du vendredi vient de se terminer et les hommes du Hezbollah, avec kalachnikovs, triques et pierres, sont très remontés. C'est plus prudent de passer par la porte de derrière.

On nous guide rapidement vers un petit bâtiment. Dès que nous sommes entrés, un des garçons ferme la porte à clé. Nous gagnons une salle en sous-sol où déjà une vingtaine d'étudiants sont en train de discuter.

— Nous n'allons pas rester longtemps parce que beaucoup habitent Téhéran. Comme elles sont lycéennes ou même collégiennes, il ne faut pas qu'elles rentrent tard, dit Mina à une de ses camarades qui la salue et nous invite à prendre place.

Sara, Mahsa et moi nous asseyons côte à côte.

— Celui qui parle s'appelle Arman. C'est le fiancé de Mina. Il a passé un an en prison à l'époque du chah, nous dit Sara à voix basse.

Les vociférations des hommes du Hezbollah se rapprochent : « Un seul parti — Parti de Dieu — et un seul guide — l'âme de Dieu. À bas les ennemis de l'islam ! À bas les traîtres ! »

On entend quelques rafales de kalachnikov. Une volée de pierres s'abat sur le bâtiment et brise des fenêtres.

— Ils ne savent pas que nous sommes ici, nous ne risquons rien, nous assure Arman.

— Heureusement que Dieu va nous protéger, car ses représentants ont l'air bien déchaînés, murmure malicieusement Mahsa.

À côté de nous, Mina discute avec quelques étudiants.

— Chaque vendredi, c'est pareil. La semaine dernière, ils ont blessé plus de trente étudiants après leur prière. Quand est-ce qu'ils vont mettre fin à cette violence ? dit avec véhémence l'amie de Mina, celle qui nous avait accueillies.

— Jamais, répond Mina, ce sont des fanatiques. Pour eux, celui qui ne se soumet pas à l'islam est condamné à mort. La religion est sacrée, tu ne le savais pas ?

— Ce qui est sacré, ce n'est pas la religion, c'est l'ignorance, et cela depuis toujours.

— Mais c'est le but de la religion de garder les peuples dans l'ignorance, intervient une autre étudiante.

— Puisque croire n'est pas savoir et que toute croyance, par définition, suppose l'incertitude, au nom de quoi une croyance serait-elle sacrée et une autre non ? demande doctement Sara en s'adressant à nos aînés.

— Au nom de la foule. Ce à quoi la foule croit devient sacré. Ici et aujourd'hui, c'est l'islam. Autrefois, c'étaient d'autres religions. Même en Occident, la pensée rationnelle a dû se battre pendant des siècles contre les fanatismes religieux, répond Mina.

— Il y a des mots qu'il faudrait mettre à la retraite. Ou alors qu'il faudrait brûler.

La fille qui vient de parler se tenait jusqu'à présent près de la porte. Elle s'approche de nous en ajoutant :

— S'il y a quelque chose de sacré, c'est la vie, et c'est elle qu'ils sont en train de massacrer.

— En attendant la démocratie et la liberté, si je peux me permettre, il faudrait peut-être que nous trouvions un moyen de sortir d'ici pour ne pas rentrer trop tard, suggère Mahsa, toujours consciencieuse.

— Elle a raison, ce petit diable, approuve Mina en lui souriant.

— Il vaut mieux attendre encore un peu, pour être sûrs qu'ils se sont éloignés de l'université, dit un des garçons.

Au bout d'un moment, deux étudiants rentrent et annoncent que la voie est libre. Nous courons vers l'autobus. Nous nous affalons sur nos sièges. La fatigue s'est abattue sur nous d'un seul coup. Comme à l'aller, je m'endors. Quand j'ouvre les yeux, l'autobus est devant la maison. Sara et Mahsa me demandent si j'ai besoin qu'elles descendent avec moi pour étayer mon mensonge. Je leur dis que non, que ce n'est pas la peine, que ça ira.

Le travail dans les champs de haricots m'a donné de bonnes joues roses, la randonnée en montagne peut tout à fait l'expliquer. Les apparences jouent en ma faveur. Je reprends mon air innocent et monte à l'assaut.

Après un quart d'heure de tempête, ma mère, qui est loin d'imaginer d'où je viens, me met en demeure :

— Tu ne me feras plus jamais ce coup-là, tu as bien compris ?

L'affaire ne se termine pas trop mal. Satisfaite, je m'excuse et lui dis combien je suis désolée. Depuis quelque temps, le succès de mes subterfuges m'a révélé des ressources que j'ignorais posséder. Je m'installe confortablement dans ma double vie.

À l'école, l'ambiance est plus mouvementée que jamais. Les interdictions sont devenues très strictes. À la suite des nombreuses réprimandes qui nous ont été adressées, certaines de nos amies ont quitté le groupe. À la sortie de l'école, en cachette, nous vendons toujours le journal du Parti communiste et parfois distribuons des tracts. Lors des récréations, Sara continue à nous lire des passages d'auteurs engagés et à animer nos discussions, mais la marche matinale et les chants révolutionnaires n'ont pas survécu à l'apparition de nos nouvelles surveillantes. La directrice, pourtant récemment nommée, est remplacée à son tour. Plusieurs enseignantes disparaissent et, après quelques jours, leur place est prise par des débutantes bien voilées.

Sous un grand tchador noir, le visage aigri, sombre et vengeur d'une femme d'âge moyen apparaît un matin sur le perron qui domine la cour. Mégaphone à la main, d'une voix sèche et grinçante, elle décrète que, à compter de ce jour, aucune désobéissance aux ordres ne sera tolérée. C'est notre nouvelle directrice. Son vocabulaire est réduit, son message un peu court, mais ses intentions très claires.

Elle met en place un vrai système d'espionnage. Certains matins, nous sommes toutes l'objet d'inspections inopinées. Les surveillantes islamistes et quelques élèves mouchardes au service de la direction fouillent nos corps et nos sacs à la recherche de livres, de tracts, de cassettes, de rouge à lèvres... Ces fouilles deviennent la règle dans tous les établissements scolaires et universitaires.

Une semaine plus tard, nous sommes convoquées dans son bureau. Quand nous entrons, elle a la tête baissée sur ses dossiers. Nous restons debout et attendons un long moment. Elle ferme les trois dossiers qu'elle ne cessait de feuilleter. Ce sont nos dossiers à nous. Elle nous fixe de son regard froid de crocodile et, d'un ton agressif qui monte progressivement, nous déclare :

— Je vois que vous avez déjà deux lettres d'avertissement. Tout cela a trop duré. La précédente directrice était beaucoup trop patiente et indulgente avec vous. Ce n'est pas mon cas. Je vais convoquer vos parents. J'aimerais bien savoir s'ils sont au courant de vos agissements. En attendant, vous allez arrêter de jouer les politiciennes et vous occuper de ce qui vous regarde.

Au mot « parents » je frémis : j'avais réussi à subtiliser les deux lettres d'avertissement dont ils étaient destinataires et n'ose imaginer leur réaction.

— Que vous soyez de bonnes élèves ou pas ne change rien à mes yeux. À quoi bon la science quand elle n'est pas au service de l'islam ? Il faut que vous le sachiez : je ne me répéterai pas et la prochaine fois vous serez renvoyées de mon école, dossier sous le bras. Dans ce cas, vous le savez, aucune autre école ne vous réinscrira et vous resterez chez vous à frotter les casseroles. Vous pouvez partir.

Sans rien dire, nous nous apprêtons à quitter la pièce.

— Au fait, ajoute-t-elle, à partir de demain, vous serez dans trois classes différentes et, pendant les récréations, vous n'aurez pas le droit de vous retrouver. J'ai fini.

Nous sortons. Derrière la porte, une surveillante nous guette. Elle est jeune, petite et voilée. Elle nous accompagne jusqu'à notre classe. Aucune de nous n'ouvre la bouche. Elle désigne d'un geste de la tête Sara et Mahsa :

— Vous deux, prenez vos affaires ! Vous allez changer de classe.

— Maintenant ? Tout de suite ?
— Oui.
— Mais la directrice a dit à partir de demain.
— C'est elle-même qui m'a ordonné de vous installer dans deux classes différentes dès que vous sortiriez de son bureau.

Sara et Mahsa ramassent leurs affaires. La classe les suit des yeux. Notre professeur de mathématiques ne pose aucune question ; ça ne l'étonne même pas. Elles me jettent un dernier regard avant de fermer la porte.

Elles sont parties. Je reste clouée à ma place. Notre professeur, elle, se retourne vers le tableau et, craie à la main, continue sa leçon. Les autres se penchent sur leur cahier et copient. Je n'écris pas. Je n'écoute pas. J'attends la sonnerie.

Dès qu'elle retentit, je bondis. C'est la deuxième récréation. Elle est là, dans le couloir, la surveillante. J'aperçois Sara qui sort d'une classe tout au bout à gauche et Mahsa d'une autre à droite. Elles viennent vers moi, la surveillante aussi.

— N'oubliez pas que vous n'avez pas le droit de vous parler. À votre place, je respecterais cet ordre.

Le dernier cours commence et avec lui l'attente. À deux heures, l'école est terminée. À la sortie, je ne trouve ni Sara ni Mahsa. Mes pas me portent vers la maison de Sara. J'ai besoin de la voir, de voir ses parents, sa sœur. Je sais qu'ils vont nous réconforter, dénoncer avec vigueur la répression qui s'exerce à l'école. J'ai besoin de leur assurance, elle m'encourage. Devant leur porte, j'entends la voix de Mahsa qui imite la directrice, quelques éclats de rire. Je frappe. Sara m'ouvre, me serre dans ses bras et, pour une fois, m'embrasse.

Voici toute l'école encore réunie. Depuis l'arrivée du Crocodile (c'est ainsi que nous avons surnommé la directrice), les mollahs interviennent régulièrement pour renforcer notre éducation et notre morale islamiques. Lorsqu'ils débarquent, les cours sont annulés. Enseignantes et élèves, nous sommes toutes obligées de nous rassembler dans la salle de spectacle pour les écouter. Les moindres recoins du bâtiment sont inspectés, même les toilettes. Aucun moyen d'échapper à la logorrhée des mollahs.

Dans le fond de la salle, Sara, Mahsa et moi sommes assises par terre, la tête enfouie dans les genoux. Les surveillantes et quelques élèves, les mouchardes, restent debout, dispersées un peu partout pour assurer le silence.

Trapu, le visage gras et le cou épais, le mollah rumine avec âpreté, dans sa barbe blanchie par un peu d'écume à la commissure des lèvres, ses leçons de morale. Comme tous ses collègues, c'est un spécialiste de la physiologie féminine et un fin psychologue.

— ... Vous atteignez, si ce n'est déjà fait, l'âge de la puberté. Vos devoirs islamiques sont impératifs. Au moment de vos règles vous êtes impures. L'odeur de votre corps change. Il convient que, ces jours-là, vous vous teniez à plus grande distance encore des garçons, pour éviter qu'ils ne perçoivent votre changement d'odeur, qu'ils ne soient contaminés par votre impureté, troublés et éloignés du droit chemin par votre faute.

Il bafouille quelques sourates du Coran et des hadiths. La dernière demi-heure est consacrée au rappel de nos devoirs à l'égard de l'islam et de l'imam Khomeyni :

— La dénonciation des ennemis de l'islam et de notre révolution islamique est le devoir de tout musulman. Le Coran nous ordonne de dénoncer ceux qui complotent contre l'islam.

Même s'il s'agit de vos parents, de vos frères et sœurs, de vos amies. Il ne faut pas hésiter. N'ayez pas peur de vos parents. S'ils prononcent une phrase contre l'islam, il faut les dénoncer. C'est votre devoir. C'est l'ordre de notre grand imam Khomeyni. Pour sauver notre cher islam, il faut s'attaquer à ses ennemis jusqu'aux derniers. Vous êtes l'espoir de notre islam et personne, pas même vos parents, n'a le droit d'abîmer vos âmes.

Il lance pour terminer les slogans habituels et la salle les reprend : « À bas les ennemis de l'islam ! À bas Israël ! À bas les États-Unis ! Vive l'imam Khomeyni, le grand Guide de la révolution islamique ! »...

Le mollah descend et vient s'asseoir à côté du Crocodile. Le rideau s'ouvre, c'est l'heure du théâtre. Le discours des mollahs est souvent suivi d'un spectacle théâtral. Le scénario, comme dans les films indiens, ne varie pas beaucoup et les bons réussissent toujours à triompher des méchants. Les pièces sont jouées par des élèves de familles religieuses. L'islam, toujours menacé, est sauvé par de jeunes héros, des enfants qui dénoncent leurs parents non croyants ou mal croyants. Une fille, déguisée en homme, joue le rôle d'un royaliste père de deux enfants. Il est autoritaire, prononce des mots sacrilèges et empêche ses enfants de faire leurs prières. Les enfants décident de le dénoncer aux gardiens de l'islam, les *pasdaran*...

Une des mouchardes s'approche de Sara. J'essaie en vain de lui faire signe. C'est trop tard. Elle confisque le livre dans lequel Sara était plongée. Quant à Mahsa, elle est presque endormie dans son coin.

Sur la scène, le père, très en colère, vient d'enfermer son fils dans sa chambre…

On entend des bruits, des cris, des bribes de slogans, mais ça ne vient pas de la pièce de théâtre. La salle s'agite. Des coups de feu retentissent. Des vitres se brisent. Sara, Mahsa se sont levées, beaucoup d'autres aussi. Nous nous précipitons vers les fenêtres. Deux 4 × 4 du comité islamique sont devant l'école ; ça se passe chez les lycéennes. Elles sont dans leur cour. On voit des blessées, du sang. Les surveillantes et le Crocodile perdent le contrôle de la situation. Nous nous précipitons dans la cour. Le Crocodile prend le haut-parleur et nous ordonne de rentrer :

— Dans cinq minutes, la porte sera fermée et celles qui seront dehors y resteront à jamais.

Dans la cour, c'est l'affolement. Nous courons vers la sortie. Nos cris se mêlent à ceux des lycéennes. Le Crocodile continue à proférer ses menaces. Quelques hommes du comité sautent par-dessus la barrière qui sépare la cour du lycée de la nôtre. Ils nous repoussent avec leurs Kalachnikovs. L'un d'eux tire une rafale en pointant son arme vers le ciel. Tout le monde recule. C'est la bousculade. Les hommes du comité se déploient, avancent et nous refoulent vers le perron de l'entrée et la porte du bâtiment. Nous tombons les unes sur les autres, beaucoup se font piétiner sur les marches du perron. Ça se passe très vite. Nous sommes déjà à l'intérieur. Les cris ne cessent pas. Le désordre est à son comble. Quelques filles, blessées ou choquées, sont étendues dans le couloir. Les surveillantes ne savent que faire. Au bout d'une demi-heure, les gens du comité ont disparu. Le dernier cours est annulé. On nous laisse partir. Dans la rue, le calme est revenu. Je retrouve Mahsa, elle boite un peu. La porte du lycée est toujours fermée et nous décidons d'aller chez Sara.

— Je te fais mal ? demande Sara en mettant de la Bétadine sur le genou de Mahsa.

— Non, ça va. Heureusement que j'ai réussi à me relever avant que la foule ne m'écrase. Sinon, j'aurais été brisée en morceaux comme ces pauvres filles étendues dans le couloir. Tu crois qu'ils ont amené les blessées à l'hôpital, au moins ?

— Tu parles ! Tu demandes trop à ces barbares. À mon avis, le Crocodile a téléphoné aux parents des blessées pour qu'ils viennent les chercher.

— C'est incroyable ! Ils voyaient que nous reculions, mais continuaient à nous repousser avec leurs kalachnikovs pour nous faire tomber. À la fin, il y avait des dizaines d'élèves entassées sur le perron, comme s'ils avaient balayé la cour.

— Si nous avions résisté, ils n'auraient pas hésité à nous tirer dessus.

— Leurs visages étaient pleins de haine, les criminels ! J'aurais bien voulu avoir une arme pour les tuer.

La clef tourne dans la serrure. C'est Afsané. Livide, les yeux creusés, le regard perdu, elle n'a plus ses lunettes. L'inquiétude disparaît du visage de Sara. Elle s'élance vers sa sœur.

— Tu n'as rien ?

— Moi non, mais Myriam et plusieurs autres ont été blessées par balles.

— Dans quel état sont-elles ?

— Pour le moment, aucune nouvelle. Personne ne sait dans quel hôpital elles ont été transportées, si c'est bien dans un hôpital. Car les hommes du comité se sont eux-mêmes occupés des blessées sans appeler d'ambulance.

— Comment tout cela a commencé ?

— Pari avait préparé un discours sur la répression à l'école. Nous avons refusé de rentrer en classe et sommes restées assises par terre dans la cour pour l'écouter. La directrice et les surveillantes, après l'échec de leur ultimatum, ont disparu. Nous aurions dû nous douter de ce qui se préparait. Tout d'un coup, les commandos du comité ont débarqué sans crier gare. Nous avons fait face en scandant : « Halte à la répression ! » Ils ont tiré quelques rafales, et ce n'était pas un avertissement : six ou sept filles sont tombées, en sang. Nous avons reculé. Ils n'arrêtaient pas de nous frapper à coups de crosse et de piétiner celles qui tombaient par terre, jusqu'au moment où vous êtes descendues dans la cour : ils se sont divisés et nous avons pu nous réfugier à l'intérieur. Enfin, celles qui étaient encore debout.

Exténuée, elle se laisse tomber dans un fauteuil.

— Et chez vous ? Il y a des blessées ?

— Pas par balle. Ils ont juste tiré en l'air, mais beaucoup ont été écrasées dans la bousculade. Et tes lunettes ?

— Cassées. Je suis dans le brouillard.

Mahsa téléphone à ses parents pour leur demander de venir la chercher et moi aux miens pour les prévenir que je suis chez Sara.

Personne ne dit plus rien. Nous sommes éreintées. Afsané, Sara, Mahsa et moi attendons les parents comme les rescapés d'un naufrage ou d'un accident attendent les secours. Ils ne tardent pas à arriver et avec eux l'espoir et la force nous reviennent. Le visage grave, ils nous laissent raconter ce qui s'est passé. La mère de Mahsa nous regarde avec une infinie tendresse. La peur de perdre sa fille passe un instant dans ses yeux. Elle la serre contre elle. Afsané parle à son père. Il est resté debout, sur le seuil de la porte, et l'écoute avec attention en rallumant sa pipe de temps à autre. C'est un homme mince et grand d'une belle prestance. Je n'avais jamais jusqu'à présent remarqué combien Afsané et Sara lui ressemblaient : même découpe du visage aux angles fermes, mêmes lèvres bien dessinées, même regard profond prompt à s'enflammer sous les sourcils sombres, même voix basse un peu enrouée, mêmes attitudes aussi, par exemple cette façon délicieuse de renverser la tête en arrière quand ils rient ou de la garder levée, bien droite, quand ils marchent, comme s'ils partaient à la conquête du monde.

La mère de Sara revient dans le salon avec un plateau de thé et des petits gâteaux. Elle a comme toujours les cheveux bien tirés en arrière et ramassés en chignon. Elle pose le plateau sur la table basse. Elle allume une cigarette d'une main qui tremble un peu. Ses beaux yeux gris étincellent. Tout en elle exprime l'indignation.

Mahsa, à moitié allongée sur le canapé, pâle, se laisse dorloter par sa mère. On dirait qu'elle vient de prendre conscience de ce à quoi elle a échappé. Sara me tape sur l'épaule et me dit :

— Ne pense pas trop, viens prendre ton thé.

Une sourde inquiétude règne, presque palpable. Ce n'est pas seulement la crainte rétrospective de tout ce qui aurait pu se passer de pire, non, mais la peur que le pire soit encore à venir. Tous les agents de la *savak* ont retourné leur veste et travaillent pour l'actuel gouvernement. Les parents de Sara sont très soucieux et ne s'en cachent pas. Beaucoup de leurs collègues, confient-ils, ont disparu sans qu'on sache s'ils ont été arrêtés ou liquidés. N'importe qui peut être étiqueté antirévolutionnaire, arrêté sans motif et exécuté sans jugement, exactement comme en URSS à l'époque stalinienne. Je mesure la gravité de la situation quand j'entends le père de Sara ajouter d'un ton résigné, si inhabituel chez lui, qu'il ne sait pas comment on a pu en arriver là, qu'il n'y a pas d'échappatoire, que les frontières sont fermées, qu'il faut rester prudents et veiller à ne pas donner de prétextes aux religieux.

Une journée de pur plaisir. Le jardin de *Saii*, au nord de Téhéran, est un des lieux de rencontres amoureuses des jeunes et nous nous y retrouvons toutes les trois. Aménagé dans une sorte de vallée, il se dérobe aux regards de la ville. On y descend par des escaliers de pierre. J'aime beaucoup cet endroit contrasté : ses collines rocheuses et lointaines, ses longues allées solitaires bordées d'arbres ont toujours un air mélancolique. Nous marchons. Sara chante. Sa voix nous charme. Les oiseaux volettent d'une branche à l'autre. Il fait beau. Un petit Tsigane, un panier accroché au cou, s'approche de nous.

— Achetez-moi une barbe à papa pour l'amour de Dieu ! Je n'ai encore rien vendu aujourd'hui.

Nous plongeons le nez dans nos barbes à papa et à pleines dents mordons dans le vide sucré d'un plaisir toujours en fuite. Nous marchons. Nous n'avons pas peur de la vie et chacune de nous sait qu'elle a deux amies.

La grande place du campus de l'université de Téhéran, au centre de la ville, est noire de monde. C'est un meeting impressionnant. L'opposition a réussi à se mobiliser. Les orateurs se succèdent à la tribune. Des milliers de manifestants, en majorité des intellectuels et des étudiants, acclament la dénonciation du fanatisme religieux et de la répression. Conscients de répondre à l'attente de la foule, portés par elle, ils évoquent la lutte des classes, la justice sociale, la liberté d'opinion et d'expression. Sara, Mahsa, leurs parents et moi, main dans la main, formons un petit groupe compact. Être au milieu de milliers d'autres ranime en nous l'enthousiasme d'hier. De nouveau nous vibrons aux mots de liberté et de révolution. La foi dans l'avenir renaît et nous sentons s'affermir dans nos cœurs la force de résister.

L'assaut survient avec une rapidité foudroyante. Simultanément, des rafales de pistolets-mitrailleurs et des explosions de grenades retentissent. Une épaisse fumée s'élève de partout ; le gaz lacrymogène se répand et l'atmosphère devient suffocante. Les parents de Sara et Mahsa s'étaient installés avec nous aux abords du campus, en haut de quelques marches. Cette position nous laisse un répit de quelques secondes. La foule, affolée, se débat dans tous les sens, puis éclate, et ceux qui, comme nous, sont placés sur les côtés se mettent à courir. Nous courons de plus en plus vite. La fusillade et les cris redoublent. Égarée dans une masse de manifestants en fuite, je me retrouve toute seule. À gauche, à droite, les gens courent, tombent, se font piétiner. Je ne vois ni Sara, ni Mahsa, ni leurs parents. Je suis perdue. Je cours sans cesse. Certains tentent d'escalader le mur situé à notre gauche pour sortir de l'université. J'hésite une demi-seconde et infléchis ma course vers la gauche ; je n'y arriverai jamais, il est très haut et je suis trop petite. Je continue à courir à la lisière de la foule. Tout à coup, celle-ci s'arrête et reflue, surprise par les islamistes armés qui l'ont contournée. Je zigzague un court instant, puis me jette contre le mur, derrière la haie d'arbustes qui le borde sur quelques mètres. Je m'avance en me baissant jusqu'au bout de la haie. Je contourne un bâtiment. De l'autre côté, il y a un petit jardin, des bancs, des arbres, un endroit miraculeusement resté à l'abri du flot des poursuivis et des poursuivants. Cinq, six personnes se cachent dans différents recoins. Une voix m'appelle. Effarée, je me retourne : c'est Sara ! Elle est toute seule. Nous nous terrons de longues minutes. Fourbue, je me laisse aller ; l'avoir à mes côtés me réchauffe le cœur. À la nuit tombée, les choses semblent s'être calmées. Nous sortons de notre refuge avec prudence. Nous cherchons une sortie. Nous croisons un groupe d'étudiants qui nous guident. Nous hélons un taxi. Sara me dépose.

— Téléphone-moi dès que tu arrives, lui dis-je.

Ce soir, Mahsa n'est pas rentrée. Je ne dors guère. Les événements de l'après-midi se répètent dans ma tête. En courant, j'ai enregistré d'innombrables images : les blessés, les islamistes, les meurtriers avec kalachnikovs et grenades, assoiffés de haine, de violence et de sang. Les scènes s'enchaînent sans interruption. J'essaie de les dénouer, de voir plus clair. Peut-être apercevrai-je Mahsa quelque part. Je cherche à me rappeler où et à quel moment je l'ai vue pour la dernière fois. Quand lui ai-je lâché la main ? Mais les images, comme la foule, me bousculent et m'emportent. Je ne la vois pas. Je ne la verrai plus. Le sang me monte à la tête. Je transpire, je respire mal. C'est un cauchemar. J'éclate en sanglots.

La situation empire de jour en jour. Les hommes des comités, les *pasdaran*, débarquent de nuit comme de jour dans les maisons ou sur les lieux de travail pour arrêter les « ennemis de la révolution islamique ». Je ne vais plus chez Sara. Ses parents lui ont dit que ça pouvait être dangereux pour moi. À l'école, nous nous faisons signe de loin et parfois nous nous promenons ensemble dans la rue. Ma mère, très affectée par la disparition de Mahsa, ne peut s'empêcher, malgré sa peine, de blâmer le laxisme de ses parents et de me répéter à longueur de journée qu'elle avait bien raison et que les activités politiques ne créent que des ennuis. Nous avons débarrassé la maison de tout livre suspect de pensée politique. Mes parents me surveillent étroitement. Les parents de Mahsa tentent en vain de savoir si elle a été arrêtée, blessée ou tuée. Ils ne trouveront aucune trace d'elle jusqu'au jour où ils seront eux-mêmes arrêtés.

Un matin, je ne vois pas Sara à l'école. Je la cherche partout, dans sa classe, dans les couloirs, dans la cour : elle n'est nulle part. Serait-elle malade ? Non, ce n'est pas son genre. Peut-être nous sommes-nous ratées, courons-nous l'une après l'autre et me croit-elle aussi absente ? À la sortie, je ne la vois toujours pas. Tout l'après-midi, jusqu'au soir, je compose son numéro de téléphone, personne ne répond. Peut-être sont-ils partis en voyage, mais pourquoi ne m'a-t-elle rien dit ? Ses parents ne l'avaient peut-être pas mise au courant ? Est-ce qu'ils se sont sauvés, ou juste absentés quelque temps ? Sara ne me laissera pas, ne peut pas me laisser comme ça.

Les jours et les semaines qui ont suivi, personne n'a répondu au téléphone. Chaque matin, j'espérais la voir à l'école, mais, malgré mon espoir persistant, elle n'est jamais revenue. Je sonnais à leur porte, y donnais des coups de pied, mais personne ne m'ouvrit jamais. Sara avait disparu avec ses parents. J'avais peur pour elle, mais par moments je lui en voulais et sentais la blessure d'une amitié déchirée.

Cinq années plus tard...

Cinq années plus tard, j'avais dix-sept ans. J'allais passer le concours d'entrée à l'université. Un jour, vers quatre heures, avec une amie de lycée, je me rendais en cours. Sur le grand boulevard *d'Azadi*, boulevard « de la Liberté », de loin, une silhouette vaguement familière retint mon regard. Elle marchait en sens inverse et venait vers nous. Elle me rappelait quelqu'un. Comme elle lui ressemblait... Nous nous rapprochions. C'était elle, c'était bien elle, c'était Mahsa. Elle était voilée, j'étais voilée, nous étions toutes voilées depuis quatre ans. Était-ce un rêve, comme les dizaines d'autres où j'avais cru retrouver mes amies perdues avant de me réveiller et de les perdre à nouveau ?

— Comme tu as grandi ! s'écria-t-elle en souriant, comme si ma taille était plus étonnante que notre rencontre.

Ses mains et sa voix tremblaient. Ses yeux s'étaient éteints. Elle avait vieilli. Elle me paraissait petite. La voir voilée, sans sa frange raide, faisait tomber en ruine le souvenir que j'avais de son visage espiègle.

— Tu es...
— Je suis vivante.
— Tu, tu as été... Qu'est-ce qui s'est passé ?
— Je suis restée deux ans dans la prison d'*Évine*.
— Deux ans ?

Je m'étais mise à bégayer. Je bégayais parfois dans mon enfance.

— Et Sara, tes parents, où sont-ils ?

Sa mâchoire trembla, puis laissa sortir quelques phrases :

— Ma mère est sortie, mon père en a pour dix ans.
— Et Sara ?
— Elle est... Elle a été fusillée avec ses parents et Afsané.

Je ne l'entendais plus. Elle s'était tue. Mon amie m'a pris le bras.

Visage glacé, presque indifférent, elle a poursuivi :

— J'étais là-bas lorsqu'ils les ont fusillés. Chaque soir, ils venaient dans les cellules avec la liste de ceux qu'ils allaient exécuter.

Je m'appuyai sur le bras de mon amie. Nous ne nous sommes pas dit au revoir. Nous ne nous sommes rien dit. Je m'interdisais de pleurer. Verser des larmes eût été si misérable. Elle s'éloignait et je réalisai que je venais de croiser Mahsa, que Sara était morte. Je continuai à marcher pour me rendre à mon cours. J'avais croisé Mahsa comme une passante. Je voulus me retourner, courir, l'arrêter, lui dire, lui demander... Mais je n'en eus ni la force ni l'audace. Me retourner et lui dire quoi, lui demander quoi ? Je la laissai partir, s'éloigner. Je ne la verrais plus. Je ne les verrais plus.

Une journée au paradis

— Ça suffit, assieds-toi, tu auras un zéro !
J'obéis, un peu honteuse. Toute la classe se retourne vers moi. Je ne comprends pas. Qu'est-ce qui ne va pas ? Tout d'un coup, je me rappelle. Il y a un mois, dans ce même cours de géographie, lors d'une interrogation, j'avais utilisé la même excuse : « Mon grand-père est mort hier et je n'ai pas pu faire mes devoirs. »

Tout n'était pas faux dans cette histoire, et le mensonge qui me servait d'alibi, bien qu'immoral, n'en était pas vraiment un. Mon grand-père agonisait depuis plusieurs mois. L'attente de sa mort avait exacerbé l'impatience et consumé l'affection de ses enfants.

Des dizaines de fois, à son chevet, après un de ses longs soupirs bruyants et profonds, ils avaient cru que c'était le dernier, que c'était fini ; mais à peine un soulagement s'exprimait-il sur leur visage que la respiration de grand-père reprenait.

À soixante-dix ans, après avoir perdu la vue et toutes ses capacités physiques et psychiques, il avait contracté des maladies infectieuses incurables à son âge. Renvoyé de l'hôpital dans un état de totale déliquescence, le pauvre grand-père, dans sa chambre, résistait toujours et retardait la mort. Chaque soir, une ou plusieurs de ses filles, dont ma mère, s'occupaient de ce corps délabré, humilié par cette nudité impitoyable qui accusait sa décadence. Elles le soulevaient, le déplaçaient pour le nettoyer, changer sa perfusion, sa sonde, ses draps.

De ce père il ne leur restait qu'un squelette au dos couvert d'escarres. La résistance de grand-père face à la mort, tout instinctive ou involontaire qu'elle fût, était interprétée parfois par ses enfants comme le signe de sa malignité. Elle leur rappelait, surtout aux filles, tous les moments malheureux, toutes les avanies qu'il leur avait fait subir. Ces nuits de garde, ces veilles sans fin auprès du mourant suscitaient en eux un sentiment de frustration et même de haine qui les amenait à souhaiter sa mort. Ils ne pensaient pas à la souffrance de ce corps malmené et moribond, mais au père sévère, au père injuste qui l'avait habité.

Un jour, le souhait de ses enfants se réalisa et mon mensonge devint vrai. Le grand-père mourant mourut.

Les grands yeux bleu marine de grand-père, sous un front encombré de mèches noires et raides, rayonnaient dans une photo accrochée au mur au-dessus de son cadavre. À l'époque, il avait une trentaine d'années et venait de se remarier. De son premier mariage, à vingt ans, deux enfants étaient nés qu'il avait répudiés avec leur mère, lors de son second mariage. Il avait changé de religion, s'était lancé dans le commerce et installé en bon musulman dans son nouveau ménage.

Après plus de cinquante ans, une fois qu'on fut certain qu'il ne respirait plus et qu'il était bel et bien mort, on alla prévenir sa première femme pour qu'elle lui donnât sa bénédiction et que l'âme de grand-père fût en paix, malgré son corps longtemps torturé.

Les préparatifs de la cérémonie de funérailles furent interminables. Allégés, émancipés et même rajeunis par la mort de leur père, les enfants couraient dans tous les sens, téléphonaient, prévenaient, prévoyaient, préparaient...

On changea pour la dernière fois les draps de son lit et couvrit la dépouille d'un tissu de soie ancien aux couleurs et au dessin magnifiques. La bonne de ma tante, Akram, une villageoise analphabète, fut chargée de couper les ongles de pied du grand-père. Travailleuse, petite, preste, elle ne se plaignait jamais de rien. Elle avait été donnée à ma tante à huit ans. Elle ne lui coûtait rien et n'existait que par son travail.

J'avais vu souvent grand-père dans son état pitoyable. Ce matin-là, ce n'était plus lui qui était dans la pièce à côté, mais la mort elle-même. J'étais intriguée et voulais voir la mort. Je me suis approchée de la porte. J'ai tourné la poignée doucement et me suis glissée à l'intérieur. Le coupe-ongles était abandonné sur un journal à côté des pieds du grand-père, attachés l'un à l'autre par les pouces. Il n'y avait personne, seulement du bruit. Le bruit de la vie. J'entendais des frottements, des respirations haletantes, des cris retenus. Ça venait du cagibi au fond de la chambre. Immobile, paralysée, je suis restée devant le cadavre. Ma gorge, mon cœur se serraient. Mes mains étaient moites, froides, mais mon corps brûlant. J'imaginais ce que je ne voyais pas, ce que j'entendais. Je sentis quelque chose se nouer, se dénouer dans mon ventre, en bas de mon ventre, entre mes jambes. Les bruits s'arrêtèrent. Mon oncle en sueur sortit du cagibi, ferma maladroitement sa braguette et, sans rien dire, contourna précipitamment le cadavre de son père et quitta la pièce. Derrière lui, Akram, paniquée, la tête baissée, essayait d'ajuster son fichu noir et de cacher sa natte dans son manteau qu'elle se dépêchait de boutonner. Elle était toute rouge. Les prunelles de ses yeux brillaient. Nous nous sommes regardées fixement. Elle a ramassé le journal et le coupe-ongles. Ma pitié pour elle s'était transformée en une sorte de jalousie.

On transporta le corps au cimetière de Béhechté Zahra, le « Paradis de Zahra », situé au sud de Téhéran. D'après mon cousin, dans un bâtiment qui se trouvait dans le cimetière même, on allongeait le cadavre sur une table de lavage. Les hommes ou les femmes chargés de la toilette mortuaire se mettaient immédiatement à l'ouvrage. Les parents du défunt de même sexe que lui pouvaient assister au spectacle derrière une vitre. On bouchait tous les orifices du corps et on le couvrait d'un linceul blanc. Il était prêt à entrer en terre. Tout cela me donnait la chair de poule.

Ma mère m'a appelée :

— Va te changer ! Attache tes cheveux et mets-moi un foulard noir : le mollah va arriver !

— Et alors ?

— Et alors, c'est un enterrement. Il faut un peu de respect. Dépêche-toi !

Le cimetière du Paradis de Zahra est grand, presque aussi grand que Téhéran. Des dizaines de kilomètres sont réservés aux martyrs de la guerre. Certains d'entre eux sont plus jeunes que moi.

Je me souviens du jour où, il y a un peu plus d'un an, à l'automne 1980, la radio a annoncé l'attaque aérienne de l'Irak. Au rythme des chants révolutionnaires et guerriers qu'elle diffusait, j'avais arpenté la chambre au pas cadencé en m'imaginant sur les champs de bataille en train de défendre mon pays menacé.

J'étais trop exaltée : faire une bonne guerre

pour une vraie cause, soit ; mais abuser de l'ignorance des peuples et les faire massacrer pour sauver l'islam, non ! En attendant que la guerre finisse, on économise : au lieu de vaches ou de moutons, on envoie tous les jours des enfants endoctrinés sur les champs de mines. Ça coûte moins cher, c'est gratuit. On gratifie les parents du titre de « famille de martyrs » et on les félicite d'avoir sacrifié leurs enfants pour sauver le cher islam du danger. On leur assure que leurs enfants sont allés directement au paradis et que bientôt ils pourront les retrouver ; ce n'est qu'une histoire de temps.

À cinq ans déjà, je me méfiais du paradis et de l'enfer des mollahs. Aujourd'hui tout me porte à croire que je n'avais pas tort. Instinctivement antireligieuse, je n'ai même pas eu à abjurer : avant qu'on ne me décrétât musulmane, j'étais génétiquement athée.

C'est la deuxième année de la guerre. Les enfants, les jeunes meurent. Les villes s'écroulent. Les trafics d'armes stockées reprennent. Les mollahs gonflent leurs comptes en banque à l'étranger. Le marché noir se développe. Le prix du pétrole baisse, le cours du dollar augmente. La monnaie du pays perd toute valeur.

La Bourse, l'économie mondiale s'épanouissent. La guerre continue. La vie ne vaut plus rien, mais vivre ou plutôt survivre coûte très cher. Bref, la guerre n'est pas si inutile que ça : elle change les prix.

La tombe est vide. Nous attendons grand-père. Femmes et hommes sont en noir, de la tête aux pieds. Le mollah psalmodie des morceaux du Coran, des lamentations pour attiser le chagrin. Les femmes pleurent. Les hommes versent des larmes. Il fait très chaud. Le cadavre arrive. La voix du mollah se fait plus forte, tragique. Les femmes se jettent par terre, crient, gémissent. Les hommes se frappent la tête. On pose le corps de grand-père à côté de la tombe. Son fils aîné y descend le premier et s'y étend pour que son père n'ait pas peur. Enfin, c'est à lui. On le descend. Pauvre grand-père, pauvre homme ! La première pelletée de terre est versée sur le corps. Les pleurs, les gémissements sont à leur paroxysme. Ma tante sanglote :

— Cher père, pourquoi nous as-tu quittés ?

Le mollah poursuit sa mélopée :

— Ils sont devenus orphelins, tes enfants. Ils n'ont plus de père...

Puis il la reprend en nommant chacun des enfants et insiste :

— Il est devenu orphelin, il n'a plus de père...

À l'appel de son nom, le fils ou la fille de grand-père gémit ostensiblement et affiche douloureusement sa présence.

Je pense à ce corps enterré. C'est triste la vie. Je suis triste, mais n'arrive pas à pleurer.

Nous passons dans une sorte de mosquée où les femmes et les hommes, séparés par une tenture, écoutent le même mollah. Il y a beaucoup de monde : tous nos voisins, toute la famille qu'on ne voyait jamais, les gens que grand-père avait connus autrefois et que même ma mère n'avait jamais vus. Les pleurs ne cessent pas du côté des femmes. Les filles, les cousines, les nièces, les petites-filles de grand-père s'en chargent tour à tour. Les parentes éloignées gardent, non sans quelque componction, un visage désolé. Elles surveillent du coin de l'œil les filles du défunt et mesurent la qualité de leur peine et de leur piété filiale. Le mollah récite des hadiths et les met en relation avec la vie de grand-père. Je n'écoute pas. Je suis fatiguée et puis tout cela m'étouffe. Je quitte la salle pour prendre l'air.

Il est cinq heures de l'après-midi. Nous allons rentrer. Quatre grands bus sont prévus. Parents et amis se mettent en route pour les rejoindre.

Ils discutent entre eux, par petits groupes. Ils s'arrêtent de temps à autre et reprennent leur marche. Je m'impatiente. Cette lente procession est insupportable. Je grommelle à l'oreille de ma cousine :

— Ça fait plus de vingt minutes que nous marchons. À ce rythme-là, nous n'arriverons jamais. Qu'est-ce qu'ils peuvent bien se raconter, sous une chaleur pareille ?

— Oh ! des commérages, comme d'habitude.

À deux cents mètres sur notre droite, une vingtaine de personnes sont réunies avec beaucoup de discrétion, sans mollah, autour d'une grande tombe.

Je m'arrête. Il y a quelque chose d'étrange dans ce deuil. Quelque chose qui ne ressemble en aucune façon à l'expérience que je viens de vivre. À bien regarder, il semble qu'ils essaient de poser eux-mêmes quelques pierres, quelques simples pierres sur le monticule de terre qu'ils entourent. Il doit s'agir de plusieurs morts, de plusieurs tombes. Mais pourquoi sont-ils si peu nombreux ? Pourquoi se chargent-ils eux-mêmes des pierres ? En général, ce sont les pompes funèbres qui aménagent les pierres tombales. Je remarque aux alentours d'autres monticules parsemés de fragments de pierres tombales. Peut-être cette partie du cimetière est-elle réservée aux pauvres ? Non, ce n'est pas possible. La mort, l'enterrement et ses cérémonies sont trop importants : même les pauvres donneront tout, feront tout pour préparer un enterrement digne de la mort. Dans ce pays, la mort compte plus que la vie. Il y a même des gens qui célèbrent glorieusement de leur vivant leurs sept jours de funérailles, pour pouvoir y participer et admirer leur belle fin. Une belle fin vaut mieux qu'une belle vie. En outre, ces gens n'ont rien de pauvres.

Curieuse, intriguée, je me rends compte tout à coup qu'ils se mettent à courir et se sauvent. Que se passe-t-il ?

Les hommes du Hezbollah ont surgi. Ils sont là ! Armés de triques et de fusils, ils crient :

— À bas les ennemis de l'islam ! À bas les traîtres !

Ils les poursuivent et frappent ceux qu'ils rattrapent, avant de les arrêter. Ils renversent et brisent les pierres tombales qui viennent d'être posées.

Le nombre des prisonniers politiques exécutés concurrence maintenant celui des martyrs de la guerre. Tout le monde le sait, mais personne n'ose en parler ouvertement.

Il y a les bons morts et les mauvais morts. Les premiers, promus martyrs de l'islam, bénéficient d'une grande cérémonie funéraire, soutenue par la mosquée du quartier, et d'une prestigieuse pierre tombale. Ils auront leur rue. Ils iront au paradis après avoir sauté sur les mines. Les seconds, les ennemis de l'islam, sont jetés anonymement dans les fosses communes, sans bruit, sans enterrement. Ils iront en enfer après avoir été torturés. Les parents des premiers sont félicités d'avoir mis au monde des enfants martyrs, les parents des seconds vilipendés pour avoir mis au monde des enfants sataniques.

Une femme d'une soixantaine d'années est restée sur place. Elle fait face aux hommes du Hezbollah et les insulte en sanglotant :

— Vous avez assassiné mon fils, assassiné ma fille. Vous êtes pires que des barbares. Tuez-moi ! Je n'ai pas peur de vous. Vous n'êtes pas des êtres humains. J'espère que vous pourrirez, et si c'est ça la religion, qu'elle pourrisse avec vous !

Deux hommes s'en emparent, la traînent par terre jusqu'à leur 4 × 4.

Pétrifiée, suffoquée, je veux crier, mais la voix me manque. Ma cousine me tire par le bras.

— Allez, viens ! Ne regarde pas !

Tout le monde s'est réfugié en vitesse dans les bus. Ma tante discute avec ma mère du dîner de ce soir, du déjeuner de demain, de ceux des sept jours à venir.

— Il y aura beaucoup de monde. Un seul traiteur ne suffira pas. Il faudrait varier les menus.

Je change de place. Le nez collé à la vitre, je contemple le paysage des bidonvilles.

Des bouquets gigantesques de fleurs qui auraient pu faire plaisir à grand-père de son vivant ont envahi sa chambre. Apparence négligée, comme c'est la coutume, visage accablé et larmoyant, affables cependant, ses enfants reçoivent avec reconnaissance les condoléances des arrivants. Sous les regards inquisiteurs à l'affût du moindre manquement, les enfants de grand-père sont partagés entre plusieurs soucis : que les plus âgés soient installés au fond du salon, à la place d'honneur ; que tout le monde soit bien reçu, bien servi ; que l'honneur de la famille, de grand-père soit défendu ; que les invités, tout en ayant l'impression que les enfants du défunt, absorbés par leur deuil, ne prêtent pas attention à ces détails, soient bien obligés d'admettre que tout se passe comme il se doit. Exposés à une double critique, à une double condamnation, coincés entre la crainte de ne pas paraître assez chagrinés par la mort de leur père et celle de passer pour irresponsables et laxistes, inquiets, ils régentent de loin les affaires, surveillent les domestiques, donnent des instructions et tiennent eux aussi leurs hôtes à l'œil, tout en veillant au rythme de leurs larmes.

C'est le soir. Il fait lourd. Les fenêtres sont ouvertes. Le ciel sombre s'en va, les nuages l'emportent dans leur course. Dehors, les enfants se chamaillent. Une cassette diffuse la mélopée coranique. Cette mort, ma première mort, a dérobé ma jeunesse. À quatorze ans, j'ai l'âge de grand-père, j'ai l'âge de la mort.

C'est l'heure du dîner. Tout le monde a faim. Tout le monde mange. Les gens ne se parlent plus. Ils se jettent sur les plats. Mon estomac s'est fermé. Un malaise inconnu étreint mon corps, s'insinue en moi, m'envahit et éclate.

J'éclate. J'éclate de rire. Je ris, je ris aux larmes. Je pleure. Non. Je ris. Je vomis dans mon assiette. Je pleure de rire. Ma tante jette un coup d'œil à ma mère. Celle-ci se lève. S'approche. Outragée, elle me donne une claque. Je ris comme une folle. Je sors.

La petite

Les années qui ont suivi mon adolescence furent sanglantes. Elles m'ont appris que pour survivre il fallait renoncer à vivre. J'ai appris à me taire. À ne plus me révolter. À ne pas voir, ne pas comprendre, ne pas ressentir. J'ai appris à ne plus être tout ce que j'étais.

Depuis plus d'un an je vis à Bandar Abbas, port le plus important du golfe Persique, à la frontière des Émirats arabes unis, tout proche de Dubayy. Surnommée Texas de l'Iran, la ville, hors la loi, est un des centres du trafic des produits de contrebande.

Pour ceux qui comme moi viennent de Téhéran, la ville paraît exotique. La chaleur brûlante et la lourde humidité de l'air en font, plus de six mois par an, un véritable enfer sur Terre. Le soleil y tape sans pitié, on dirait même exprès, sur la tête voilée de noir des femmes. Le pantalon, le manteau et le petit tchador sombre imposés aux étudiantes sont un châtiment infligé au corps féminin. Sorte de Sibérie tropicale, à l'époque du chah elle était l'exil accueillant les mauvais esprits assignés à résidence.

Cependant, vers le milieu de l'automne, la même ville devient paradisiaque. Les gens attendent cette période de l'année avec impatience, car une fraîcheur, une douceur délicieuses étreignent le port. Au bord de la mer, la brise fait voler le voile des femmes pour caresser voluptueusement leur cou. C'est fou comme l'interdit nous apprend à jouir de peu. La révolution, en fait, n'a rien inventé. L'islam s'était bien avant elle emparé du corps féminin. Dans les quartiers populaires, certaines femmes sont dissimulées entièrement sous le noir. Outre le grand tchador épais qui couvre la tête jusqu'aux pieds, elles portent un masque noir qu'on appelle communément « corbeau » à cause de son grand nez saillant. Elles s'installent chaque jour sur le quai, en bord de mer, pour y vendre à un prix dérisoire de grosses crevettes fraîchement pêchées qu'elles décortiquent elles-mêmes, ou encore quelques produits artisanaux. Immobiles, assises à même le sol, elles lèvent la tête quand un acheteur se présente. À travers les fentes du masque, les prunelles ne cessent de s'agiter, lucioles affolées, et mettent mal à l'aise celui qui voudrait les fixer pour y chercher un regard. Mais en me promenant dans la ville, je me suis vite aperçue que le noir succombait sous l'orgie des couleurs. La majorité des femmes sont vêtues du costume traditionnel, rouge, bleu, vert, orange, doré, violet... Un vrai régal pour l'œil en régime islamique. Un tissu soyeux, coloré, transparent et adapté au climat, couvre à peine leurs cheveux et laisse voir le haut de la gorge et la chair pleine des bras. Ces femmes donnent à la ville un air surprenant et inhabituel, de gaieté et de légèreté. Nous, malheureuses étudiantes presque toutes venues d'autres villes, sommes condamnées à la tenue islamique et nous distinguons facilement des indigènes.

Dès mon arrivée, en octobre 1986, le paysage m'avait enchantée. Je découvrais pour la première fois le golfe Persique. Pour moi, la beauté de la ville tenait essentiellement à trois nouveautés : la mer à l'infini, les palmiers orgueilleux au long des avenues et l'absence de mollahs. Pas un mollah dans cette ville ! Ce n'était pas un endroit pour eux. À Bandar Abbas, quelques familles appliquent leur propre loi, une loi mafieuse. La vendetta s'y exerce volontiers, la violence est une tradition que le sens de l'honneur justifie. Au milieu de tant de trafiquants, qui se moquent de toute loi, fût-elle islamique, les mollahs, qui tiennent à leur corps sacré, ne devaient pas se sentir en sécurité. La pénurie de mollahs était telle que, pour assurer le cours de « morale islamique », obligatoire à l'université dans toutes les disciplines, on nous en faisait venir un, une fois la semaine, par avion !

Même sans mollah, la ville n'échappait, hélas ! ni à leur logorrhée ni au contrôle islamique. Tout près de l'université résidait le comité central. Les gardiens de l'islam, kalachnikov à l'épaule, assuraient l'ordre moral dans les rues et les ruelles. Jamais, nulle part, on n'était à l'abri de leur intrusion. Pour l'essentiel, ils veillaient au respect de la bonne distance entre hommes et femmes, prêts à sanctionner le moindre effleurement, cela va sans dire, mais aussi le moindre rapprochement ou le moindre soupçon de proximité. Ils prenaient garde toutefois de ne pas contrarier les grandes familles autochtones. Ces dernières pouvaient en toute impunité organiser des fêtes où hommes et femmes buvaient et dansaient jusqu'à l'aube. Ni leurs trafics ni leur consommation d'alcool et d'opium ne suscitaient l'intérêt du comité. À l'université, nous avions droit à un contrôle supplémentaire, celui de l'association, bien sûr islamique, qui se chargeait des pauvres âmes des étudiants. Nous n'étions d'ailleurs pas les seuls à jouir d'un tel privilège. Depuis la révolution, toute institution, toute administration avait son association islamique. Ses membres, nommés par les autorités, se consacraient officiellement à l'espionnage et à la délation de leurs collègues.

De temps à autre, on diffusait au centre de la ville des enregistrements de discours religieux. Les mollahs portant un intérêt particulier aux zones génitales et à la fornication, on pouvait, en plein jour, s'attendre à tout. Ils disséquaient avec soin et compétence les situations les plus obscènes et les plus saugrenues. Ils rappelaient les devoirs de tout bon musulman et expliquaient que, même en cas de disette, au milieu du désert et en absence de toute autre nourriture, il ne faut pas manger un âne sodomisé. Que tout homme excité par le parfum d'une passante dans la rue doit se doucher impérativement dans les deux heures qui suivent pour chasser l'impureté. Que quiconque est saisi d'une pensée lubrique entre le moment où il a fait ses ablutions et celui où il va faire ses prières doit recommencer ses ablutions pour se purifier...

Les cas étudiés étaient innombrables et chacun d'eux minutieusement exploré. Les mollahs développaient du matin au soir toutes les variantes possibles et répondaient aux questions qu'ils pensaient pouvoir être éventuellement posées par leurs auditeurs.

Parfois, leur imagination dépassait leur compétence. Ils créaient des problèmes auxquels les plus érudits d'entre eux n'avaient pas de réponse. Par exemple, le tremblement de terre qui venait d'avoir lieu dans le nord de l'Iran les avait conduits à débattre du cas suivant que j'ai entendu exposer à la télévision : doit-on considérer comme légitime « l'enfant qu'a fait un neveu à sa tante en lui tombant pile dessus du deuxième étage lors de l'écroulement de leur maison » ?

Si vingt ans de ce régime ne suffisent pas à abâtardir un peuple, que faut-il inventer de mieux ?

J'habitais la cité universitaire, au douzième étage, le dernier. Les règles d'entrée et de sortie étaient strictes. Chaque soir, il fallait signer le cahier de présence. Vers huit heures, une fille membre de l'association islamique, cahier à la main, frappait à la porte pour vérifier que nous étions bien en chair et en os dans nos chambres. Je partageais une suite avec trois autres étudiantes ; deux chambres communiquaient par une petite cuisine. Derrière la seconde chambre se cachait un petit balcon qui donnait sur la mer. Ce petit balcon était mon échappatoire, le lieu de mes rêveries. Je m'y accoudais souvent, vers le soir, sans allumer la lumière. Je regardais l'horizon, le coucher du soleil. Je n'ai jamais vu pareil crépuscule ailleurs. On aurait dit que le soleil meurtri, déchiré, ruisselant de sang, s'effondrait dans le ciel enflammé et peu à peu se laissait dévorer par mille requins du golfe Persique. On pouvait presque entendre la voix de sa douleur. Fascinée, j'assistais à cette tragique agonie du jour depuis le balcon du douzième étage. Un étrange vertige s'emparait de moi, j'avais une sensation de légèreté. La tentation de m'abandonner à l'air libre pour m'envoler vers l'infini me tourmentait, m'exaspérait. Je contemplais le triomphe de la nuit. Je contemplais la mer. Je pensais à tout, à rien, je me laissais partir, diluer dans l'air, à peine exister. Les lumières des grands bateaux, au loin, m'invitaient au festin de la nuit. Le ciel avec ses étoiles, plus immense que jamais, rejoignait quelque part, très loin, la mer. Quelques heures passaient ; apaisée, je rentrais.

Filles et garçons habitaient la même cité universitaire ! Oui, difficile à imaginer sous les lois islamiques ; même à Téhéran, les gens avaient du mal à le croire. C'était pourtant bien vrai. À chaque étage, une cloison en contreplaqué séparait la partie réservée aux filles de celle réservée aux garçons. Un ascenseur revenait aux filles et deux aux garçons, deux fois plus nombreux. Nous avions appris à les faire tomber en panne, à seule fin d'emprunter l'unique, et pour cette raison précieux, escalier, ordinairement fermé et interdit, dont la spirale reliait tous les étages sans se soucier de la distinction des sexes. Ces jours-là, les bataillons de l'association islamique et du comité étaient sur le pied de guerre et s'épuisaient à surveiller la foule d'étudiants et d'étudiantes qui montaient et descendaient sans cesse l'escalier pour le plaisir de se croiser, d'échanger des regards ou même, prenant à défaut leurs chiens de garde, de se glisser un bout de papier ou une lettre. Quelques audacieux avaient la réputation de franchir la zone interdite et de s'aventurer chez les filles. Tous ces épisodes alimentaient interminablement les conversations du soir.

À marée basse, par temps de brume, la mer en se retirant libérait un grand espace de joie et d'aventure où les étudiants des deux sexes pouvaient se rencontrer, marcher main dans la main, s'embrasser et flirter malgré la surveillance. Le jeu de cache-cache entre les gardiens de l'ordre moral et les transgresseurs devenait excitant, mais dangereux. Finalement, nous courions de grands risques pour bien peu de chose. Car nous n'étions pas des combattants de la liberté, juste des jeunes gens mus par des pulsions et des sentiments somme toute naturels. Nos soirées étaient animées par le récit détaillé et minutieux de nos aventures. Nous nous racontions ce que nous avions fait, vu ou entendu à propos de l'un ou de l'autre. Nous passions notre temps dans une incessante tension psychique. Notre intelligence ne se déployait qu'afin de trouver des astuces qui nous permissent de goûter aux plaisirs interdits. Le secret du régime islamique, c'est qu'il assure le triomphe de l'interdit. L'interdit était notre véritable maître, car nous ne pensions qu'à lui. Nos préoccupations étaient aussi simples qu'obsédantes (où se voir, comment se rencontrer, écouter Madonna, les Pink Floyd... sans se faire prendre ?). Adultes, nous consacrions toute notre énergie à essayer de satisfaire ce qu'ailleurs dans le monde on aurait considéré comme des lubies de collégiens. Impossible de vivre autrement, de connaître autre chose : nos obsessions prenaient toute la place. Nous étions dans l'incapacité de penser à autre chose, de penser tout court. Nous ne pensions guère à nos études, encore moins à ce qui se passait dans le monde, ni même à ce qui se tramait, au fil des jours, au plus près de nous.

L'ayatollah Rafsandjani, président de la République islamique à l'époque, prononça un discours qui fit beaucoup de bruit. Découvrant que les jeunes gens avaient des besoins sexuels mais pas d'argent, il les invitait à se marier temporairement. Le mariage temporaire, reconnu par l'islam, suppose le consentement de deux partenaires qui souscrivent un contrat et se trouvent du même coup mariés pour une durée limitée qui peut se réduire à quelques jours, voire un jour ou une heure pour servir de paravent à la prostitution. Rafsandjani se montrait vraiment large d'idées, allant même jusqu'à dire que l'initiative de la proposition pouvait venir des filles si les garçons se montraient trop timides. Le lendemain, on ne parlait que de ça dans les journaux... et à l'université. Rafsandjani, sans doute, prenait acte de l'appauvrissement général du pays et de la situation économique désastreuse. Sans doute aussi, en bon spécialiste, maîtrisait-il parfaitement l'art de la répression, qui doit faire alterner, au gré de la conjoncture, les moments de détente et de reprise en main. Son propos fit quand même scandale. À l'université, les plaisanteries allaient bon train, tant était flagrante la contradiction entre la vigilance sourcilleuse dont nous étions l'objet et le libéralisme libertin dont faisait soudain montre le plus conservateur des religieux. Il avait, si j'ose dire, levé un coin du voile, révélé la vérité de ce pays où rien n'est autorisé mais tout possible, tout possible mais tout dangereux, où les atrocités du fondamentalisme coexistent avec le réalisme politique et souvent avec le cynisme le plus cru.

C'est déjà le matin. Je me précipite sur le réveil pour arrêter la sonnerie. Six heures trente pile. Dans une heure, nous devons être à l'hôpital. Il n'y a pas de temps à perdre. Il faut résister à la tentation d'un bref retour au lit, juste pour quelques minutes, histoire de se préparer psychologiquement au réveil précoce. Je n'ai jamais été matinale. Chacune de nous se dépêche. Pas d'hésitation. Il faut dire qu'en matière de vêtements nous n'avons pas l'embarras du choix ! Pantalon, manteau boutonné jusqu'au cou et petit tchador noir sur la tête, ça va vite. Nous sommes prêtes. Nous pouvons partir : tels sont les mérites de la tenue islamique à sept heures du matin. Devant l'ascenseur, une vingtaine de filles attendent. À cette heure-ci, tout le monde veut descendre.

— Nous allons encore être en retard, grommelle Chirine, il se traîne, cet ascenseur ! Le minibus va partir sans nous. Faites-le attendre, demande-t-elle à celles qui nous précèdent.

Enfin, nous sommes en bas, le minibus est sur le point de partir, nous sautons dedans. À sept heures trente-huit, huit minutes en retard, nous voilà devant la porte du bâtiment d'obstétrique. Nous savons ce qui nous attend ; je ne parle pas du retard, mais de l'odeur ! Avant de franchir la porte, nous remplissons nos poumons d'air frais pour affronter les effluves âcres, forts, tenaces et écœurants du désinfectant. Depuis quelque temps, les mesures d'hygiène sont devenues strictes. Je ne sais quel produit ils utilisent pour exterminer les cafards, mais, apparemment, ils n'ont pas l'air d'avoir senti la menace. Ils sont là, comme toujours, fidèles au poste, peut-être même un peu plus énergiques, comme si l'odeur les excitait.

Encore une journée de stage. Je n'aime pas les hôpitaux. Et celui-ci me donne la migraine. Je m'y sens très mal à l'aise. À peine arrivée, j'attends déjà impatiemment une heure de l'après-midi, le moment où je pourrai quitter ce lieu. L'unique hôpital public, avec sa mauvaise réputation, n'est fréquenté que par les plus démunis. Son équipement est aussi pauvre que ses malades. Les riches vont à l'hôpital privé, à l'autre bout de Bandar Abbas. Dans cette ville où l'on peut tout trouver — bières danoises, whisky irlandais ou écossais, dernières productions de Hollywood en vidéo ou cassettes pornographiques de toute origine, BMW ou Mercedes dernier cri, bref tous les produits interdits ou de contrebande... —, notre hôpital public manque de médicaments de première urgence et des centaines d'enfants meurent chaque année d'une piqûre de scorpion, faute de sérum.

Chirine et moi sommes dans la salle d'accouchement. On n'y trouve qu'une capsule d'oxygène et si jamais, par malheur, deux femmes avaient en même temps des blocages ou des problèmes respiratoires, il faudrait alors choisir celle qu'on veut sauver. Dans la salle d'à côté, les femmes attendent douloureusement leur tour. Tout, même la naissance, dans ce lieu triste, est marqué par la laideur de la vie : les murs délavés et écaillés, aux coins moisis par l'humidité, la lumière blanche, blafarde, l'odeur, les cafards, les gémissements et les cris des femmes. Cet endroit sinistre symbolisera toujours la terreur dans ma mémoire.

Je la revois encore, ce matin-là, sa petite silhouette brune recroquevillée sur elle-même.

J'écoute les explications de la sage-femme qui aide une femme à mettre au monde son sixième enfant. La mère, dans sa douleur, psalmodie quelques sourates du Coran afin que ce soit un garçon. Entre deux sourates, elle lève les yeux vers nous et supplie :

— Jetez-la dans la poubelle si c'est une fille ; si je rentre encore avec une fille, mon mari nous tuera toutes les deux.

La porte claque derrière nous. Je me retourne.

Je la revois encore, ce matin-là ; sa petite silhouette brune recroquevillée sur elle-même, deux infirmières soutiennent son corps décharné d'adolescente plié en deux par la douleur.

Elles la conduisent vers un lit. Elle est petite, très maigre, très pâle. Le visage en larmes, la peur dans les yeux, elle gémit doucement. Elles l'aident à s'allonger. Ces quelques secondes durent assez longtemps pour créer une atmosphère de perplexité et d'embarras. Nous échangeons des regards étonnés. Que fait-elle ici ? Que lui est-il arrivé ? Une autre sage-femme s'empresse auprès d'elle. Elle saigne. Cette enfant de treize ans fait une fausse couche !

— Tu étais enceinte ? demande la sage-femme d'un ton surpris.

La fillette ne répond pas.

— Qu'est-ce qui s'est passé ? Comment cela est arrivé ?

Toujours pas de réponse.

— Tu es muette ? continue-t-elle en l'examinant. Tu étais enceinte de combien de mois ? Tu as fait quelque chose ?

Elle se tord de douleur, gémit à voix basse sans répondre.

— Si tu veux que je t'aide, il faut me dire ce qui s'est passé. Tu es mariée au moins ?

Elle tressaille, enfonce sa tête dans ses genoux repliés, comme si elle voulait cacher son corps, nier son existence.

— Moi, je ne veux pas prendre une telle responsabilité, dit la sage-femme, appelez le médecin.

Les deux infirmières chuchotent dans un coin. La sage-femme, en attendant le médecin, s'occupe d'elle. Depuis qu'elle est entrée, tout le monde semble déconcerté. La responsable de notre stage a soudain arrêté ses explications. Chirine et moi ne savons quel comportement adopter, et n'arrivons même pas à faire semblant d'être occupées. Une étrange curiosité a envahi la salle. Ce petit corps tremblant est devenu la cible des regards. Même les femmes qui vont bientôt accoucher, entre deux contractions, laissent glisser des regards obliques et malveillants vers le lit autour duquel la sage-femme s'affaire. À présent tout est évident. Elle est tombée enceinte sans être mariée. Chacune de nous l'a compris, mais personne n'ose le dire à voix haute. Dans cet univers confiné, où les plus pudibondes abandonnent toute pudeur, toutes les femmes, à la vue de ce corps impur et souffrant, de ce mauvais corps, semblent se replier instinctivement sur elles-mêmes pour conjurer dans leur propre corps la malédiction du sexe. Elles se lancent des regards méfiants, comme si chacune voyait en l'autre la source du péché, le mal incarné qui s'y dissimule. Chirine et moi nous sentons menacées dans nos jeunes corps de vingt ans. Sans qu'aucune parole soit échangée, les visages expriment un mélange d'inquiétude agressive et de gêne honteuse qui rendent l'ambiance insupportable.

Le médecin n'est toujours pas là. Je passe dans la salle voisine. Une femme lève la tête, esquisse un geste du bras pour me retenir :

— On dit qu'elle n'est pas mariée. Vous savez ce qui s'est passé ?

À ces mots, d'autres visages interrogatifs se dressent soudain, réclamant une réponse.

— Non, madame, je ne sais pas, je ne sais

rien. Et puis qu'est-ce que ça peut bien vous faire ? Concentrez-vous sur votre accouchement.

— On voulait juste savoir, bredouille-t-elle.

Je me réfugie dans le couloir. Je m'avance vers la sortie. Dans la cour, devant la porte d'entrée du bâtiment, des femmes se sont attroupées et essaient de se faufiler à l'intérieur. Une infirmière les en empêche et s'efforce de calmer leur vacarme.

— Je vous ai dit que vous ne pouvez pas entrer, arrêtez ce chahut, crie l'infirmière.

Je m'approche. Elles sont toutes vêtues de la tenue traditionnelle et sombre des villageoises. Une grosse femme pousse les autres et se campe face à l'infirmière. Elle élève la voix :

— Quoi ! On ne peut pas entrer ! C'est quand même nous qui l'avons amenée ici !

— Ça ne change rien. Vous devez attendre qu'elle soit transférée au premier étage, dans la clinique.

— Mais vous ne voyez pas qu'eux aussi l'attendent, reprend la femme à voix basse.

Haussant les sourcils en signe d'avertissement, elle désigne d'un petit coup de menton la partie droite de la cour.

— Écoutez, je ne peux rien faire, et d'ailleurs qui êtes-vous ? Vous êtes sa mère ?

— Ah ! sa mère... Elle est tombée en syncope, dit-elle en hochant la tête. La pauvre femme, tout est fini pour elle, et il n'y a pas qu'elle : son mari a perdu son honneur, il est devenu fou, il voulait tuer la petite. Elle s'était cachée chez ma nièce, je l'ai trouvée, j'ai vu qu'elle saignait ; alors, pour la sauver, je l'ai amenée ici. La pauvre famille... Tout le village est au courant. Vous savez, les gens parlent et, comme on dit, on peut fermer la porte d'une ville mais pas la bouche des gens. Pauvre famille... Ils ne se relèveront jamais d'un tel malheur. Et s'il n'y avait que ça... Maintenant laissez-moi voir la petite, je vous raconterai la suite, vous ne connaissez pas encore le pire.

— Arrêtez de bavarder ! Vous n'avez plus rien à faire ici ! Allez-vous-en ! Et vous, rentrez, sœur ! ordonne une voix d'homme.

Une voix qui dit ces mots puissamment, une voix qui s'impose, qui domine. C'est la voix d'un homme du comité. Armé, il s'approche de la porte. Ils sont deux : un autre le suit, sourcils froncés.

Les femmes se dispersent, l'infirmière ferme la porte. J'avais oublié mon existence, « rentrez, sœur ! » me rappelle qui je suis, et je rentre derrière l'infirmière.

Dans la salle, une jeune femme sanglote, crie, supplie :

— Aidez-moi, faites quelque chose. Oh, mon Dieu ! Aide-moi.

Elle est sur la table de travail.

— Respire fort, allez, pousse encore, crie la sage-femme.

Je regarde cette scène. Un vers me trotte dans la tête : « Je suis née dans la douleur. » Une petite tête noire apparaît maintenant. L'épisiotomie est faite. La mère hurle. Le sang, les excréments, les cris, les pleurs et la douleur sont, avec les mains de la sage-femme, les premières réalités de ce monde que l'enfant va rencontrer. Chirine vient vers moi.

— Où étais-tu ?

— Dans le couloir, et elle, où est-elle ?

— Là-bas, dans son coin, on attend encore le médecin.

Immobile, seule, toujours dans le dernier lit de la salle, près du mur, elle a tourné le dos au bruit et aux regards. Son petit corps, bloc de solitude, s'abîme dans le silence.

— Elle était enceinte de quatre mois, reprend Chirine.

— Comment le sais-tu ?

— C'est la sage-femme qui l'a dit.

Dans ses habits noirs de paysanne, elle porte le deuil de sa vie, de sa jeunesse, de ses espoirs peut-être. De dos, on croirait une vieille femme lasse de vivre.

Enfin des cris de naissance. C'est un garçon ! La mère, délivrée, sourit dans ses larmes, son visage est plein de reconnaissance. Je ne sais pour quelle raison, sa joie m'attriste. Par terre un petit cafard court dans tous les sens. Je l'écrase sous mon pied.

La doctoresse entre d'un pas pressé. C'est une femme vive, boulotte, d'une cinquantaine d'années, au regard autoritaire. La sage-femme qui s'est occupée de la petite se précipite vers elle et la conduit jusqu'au dernier lit. La gynécologue jette un coup d'œil sur les indications inscrites dans le dossier médical et écoute en même temps la sage-femme qui les répète. Elle examine la petite. Apparemment rien d'anormal. Il s'agit d'une fausse couche classique. Elle se penche vers la petite, pose sa main sur son front.

— Tout va bien se passer. Tu ne veux pas me dire comment cela est arrivé ?

Deux grosses larmes coulent de ses yeux noirs. Elle ne dit rien.

— Qui t'a fait ça ? Tu le connais ?
Pas un mot.
— Je veux t'aider, tu comprends.
Elle murmure, la bouche à peine ouverte :
— Tuez-moi.
Elle ferme les yeux et tourne la tête.
Une infirmière fait signe à la doctoresse. Nous sommes toutes au milieu de la salle.
— Deux hommes du comité l'attendent dans la cour. Ils ont réclamé son dossier en ordonnant de ne pas l'enregistrer.
— Et de sa famille, personne ne l'accompagne ?
— Non, ce sont les gens du village qui l'ont amenée.
Elle raconte ce que j'ai aussi entendu dans là cour.
— Bon, tout ce scandale se terminera par quatre-vingts coups de fouet et le mariage imposé, c'est le tarif, nous affirme la doctoresse.
Ses mots nous rassurent. Ils donnent l'impression qu'elle a l'expérience de ce genre de situation.
— En fait, c'est plus compliqué que ça, ajoute l'infirmière d'un ton gêné.
— Comment ça ?

— Eh bien... Celui qui l'a mise enceinte ne peut pas l'épouser.

— Mais pourquoi ? Qu'il ait soixante, soixante-dix ans ou qu'il ait déjà quatre ou cinq femmes ne change rien.

— Je sais, mais il ne peut pas l'épouser parce que c'est son oncle ! Son oncle maternel !

— Comment le savez-vous ? demande la doctoresse, dubitative.

— Dans la cour, les femmes du village ne parlent que de ça, et quant à l'oncle, il a disparu du paysage.

— C'est sordide, c'est sordide. Est-ce que la petite l'a confirmé ?

— Elle n'ouvre pas la bouche.

La doctoresse va de nouveau vers son lit.

— Je vais essayer de t'aider, mais il faut que je sache ce qui est arrivé. Est-ce ton oncle qui t'a mise enceinte ?

Pas de réponse. La mort dans les yeux, elle balbutie :

— Tuez-moi.

— Je voudrais trouver une solution, mais il faut que tu me dises ce qui s'est réellement passé. Je te repose la question et tu baisses la tête si ta réponse est oui, d'accord ? C'est ton oncle qui t'a mise enceinte ?

Elle baisse la tête.

— Et aucun autre homme ne t'a touchée ?

Elle fait non de la tête.

La doctoresse revient vers nous, le visage grave.

— Elle le confirme, déplore-t-elle, comme si elle avait espéré le contraire.

— Je ne vois pas ce que l'on peut faire.

— Essayez de parler aux jeunes gens du comité, suggère une infirmière.

Pensive, regard perdu, elle se dirige d'un pas hésitant vers le couloir. Nous l'attendons, inquiètes et peureuses. Chaque seconde pèse, mais notre impatience est vite satisfaite. Une minute n'a pas passé qu'elle est déjà de retour !

— Ce sont des barbares, ils ne m'ont même pas laissée parler. Ils m'ont repoussée avec leur arme en m'ordonnant : « Rentrez, sœur, et faites votre travail », dit-elle, brûlant d'une rage impuissante.

Elle quitte la salle en répétant :

— Il n'y a rien à faire.

Qu'allait devenir la petite ? Qu'est-ce qui l'attendait ? Personne ne le savait et personne ne l'a jamais su. « Il n'y a rien à faire », c'était la seule chose à savoir. Son nom n'a pas été inscrit sur le registre des entrants. Elle n'était jamais venue à l'hôpital. Elle n'avait jamais existé.

Et pourtant, je la revois encore, ce matin-là, sa petite silhouette brune recroquevillée sur elle-même, deux infirmières soutenaient son corps décharné d'adolescente plié en deux par la douleur.

Nous avons quitté l'hôpital comme les autres jours, vers une heure. La petite était toujours là. J'avais mal à la tête, plus fort que jamais. Dehors, juste devant la porte, deux hommes du comité l'attendaient. Ils tenaient fièrement leur kalachnikov à la main comme un grand pénis en érection.

J'ai abandonné Chirine et me suis dirigée vers la mer. Il faisait une chaleur humide et collante. J'ai avancé dans l'eau jusqu'aux genoux. La petite, je n'y pensais plus.

Téhéran, hiver 1998

Je suis dans les nuages. Enfant, j'enjambais souvent les nuages. Légère, princesse volante, je régnais sur les cieux. De l'infini qui me fascinait je faisais mon royaume.

Fuir la réalité était déjà mon bonheur. Les scénarios que je ne cessais d'échafauder, de vivre et de revivre rendaient mes rêveries plus réelles que n'importe quelle réalité sur terre.

Je ne sais pourquoi je vous raconte cela. Ce que je voulais écrire était tout autre. Je me suis égarée... Je recommence.

Je suis dans les nuages. Une voix suave annonce : « Nous commençons notre descente vers Téhéran, veuillez attacher votre ceinture et relever le dossier de votre siège. » Aussitôt les femmes ajustent leur voile. Elles effacent les dernières traces de leur maquillage. Sans éclat, le visage attirera moins l'attention des frères de la douane. Au mot de Téhéran, la ville dont j'aime la laideur, mille images de toutes époques et de tous lieux se mettent à courir dans ma tête : le quartier où a grandi mon enfance, mes parents, notre maison, mon école et le petit chemin étroit qui y conduisait. Sur ce chemin, je crois revoir sautiller, un peu garçon manqué malgré son uniforme d'écolière (une petite jupe, une chemise et des chaussettes blanches, un nœud blanc dans les cheveux), la petite fille orgueilleuse que j'étais. Je vois mes amis d'école, du lycée, de l'université, des professeurs dont j'ignorais avoir gardé le souvenir, Bandar Abbas, où s'est passée ma jeunesse universitaire, la mer et ses couchers de soleil, les jeux de cache-cache avec les agents de l'ordre moral. Je vois mon père : il s'approche, souriant, avec sa canne et son chapeau ; il aurait été heureux de me revoir s'il vivait encore. Quelque chose entre tristesse, regret et inquiétude balbutie dans mon cœur des mots que je ne veux pas entendre.

Je sors le voile de mon sac, mes doigts le tournent et le retournent ; j'ai envie de le déchirer, mais, comme les autres femmes, je le mets sur ma tête et le serre autour de mon cou. « Quelle folie de retourner en Iran ! » me murmure une voix intérieure. Mes traits se durcissent. Comme si par notre geste simultané nous acceptions unanimement que notre corps ne soit qu'un objet sexuel, un objet dont le sort appartient à d'autres, je vis l'humiliation d'être femme. J'avale ma rage, mais je sens que ce voile autour de mon visage enserre, encercle mon existence.

La transformation des femmes est suivie d'effet : voilà que les hommes aussi sont devenus iraniens. Une ébauche de sourire amusé sur les lèvres, ils tournent la tête de tous côtés et jettent des regards insistants sur leurs voisines maintenant voilées.

J'ai envie d'arracher de ma tête ce voile qui affiche une sexualité coupable. J'avais presque oublié cette sensation. J'essaie de penser à autre chose : à ma famille que je vais bientôt retrouver. Mais une sorte d'étouffement retient chaque battement de mon cœur. Mon corps se transforme malgré moi. Comme s'il devenait cet objet malsain condamné à l'enfermement, ce mauvais objet que les hommes convoitent. Le vertige du péché charnel menace chaque seconde. Tout d'un coup, je retire mon bras de l'accoudoir et me blottis dans mon siège. Mon voisin, lui, se met à l'aise, étire ses jambes, se cambre en appuyant fortement les épaules contre le haut de son siège, puis écarte les cuisses et laisse retomber son corps avec un soupir. Il élargit son territoire. J'essaie à nouveau de ne penser qu'à la joie des retrouvailles. Nous approchons du sol, l'avion va atterrir d'une minute à l'autre. Je ne sais ce qu'est la nostalgie, mais crois la ressentir très fort. Peut-être l'illusion d'un passé imaginaire. En tout cas, elle m'aide et traverse ces derniers moments d'attente comme une promesse de bonheur.

Un léger choc. Les roues de l'avion touchent le sol. Il se pose en douceur. Son vacarme et sa vitesse, perceptibles maintenant, sur la terre, m'arrachent à mes pensées. Il s'enfonce dans le couloir de la nuit, écartant puissamment le vent qui rebondit sur ses flancs. Il ralentit. Malgré les rappels de l'hôtesse, la plupart des gens sont déjà debout pour descendre leurs bagages. La tête collée au hublot, je vis ces derniers moments d'attente dans une sorte de passivité voluptueuse et de lassitude un peu tendue. L'appareil s'est arrêté, la porte n'est pas encore ouverte, mais les passagers, bagages à la main, piétinent. « J'ai bien fait de venir, j'en avais besoin, il le fallait », me murmure ma voix intérieure. Prise d'une angoisse que je n'arrive pas à maîtriser, je tente de me raisonner à voix haute pour me persuader que j'ai fait le meilleur choix.

— Bien sûr que j'ai bien fait de venir, en tout cas ce n'est plus le moment d'en discuter.

Devant moi, un homme aux cheveux blancs s'est retourné et me demande en persan d'un air affable :

— Pardon, vous avez dit quelque chose ?

— Oui... Non. Enfin, je disais qu'ils nous font attendre.

— Alors ça ! À chaque fois, c'est pareil. Ils prennent leur temps pour apporter la passerelle et ouvrir la porte. Et ce n'est pas fini ! Après il faut faire la queue pour passer au contrôle de police, attendre les bagages et de nouveau faire la queue pour passer la douane. Si tout se passe bien, il faut compter à peu près une heure avant de pouvoir sortir.

Son bavardage m'agace, je reprends mon souffle et essaie de me montrer calme. Il se retourne encore et d'un œil vite inquisiteur m'interroge :

— Vous venez de Paris ?
— Oui.
— Vous êtes étudiante ?

— Oui.

— Vous rentrez chaque année ?

Embarrassée, je réponds non. Il est visiblement sur le point de me poser des questions plus détaillées. Je m'excuse, me rassieds et fais semblant de fouiller dans mon sac.

« Tout va bien se passer, il n'y a pas de raison. Même les réfugiés politiques aujourd'hui peuvent demander le passeport iranien et rentrer au pays. Moi, je n'étais même pas réfugiée ; je n'ai pas de raison de m'inquiéter. Il faut tout simplement que je sois calme et humble. » Ma voix intérieure essaie de me rassurer. Instinctivement, je laisse mes mains tirer mon voile vers l'avant.

« J'aurais peut-être dû porter un voile noir ? Non, ça n'aurait pas été naturel, ça aurait davantage attiré leur attention, comme ça c'est très bien. » Enfin, la porte s'ouvre. Les gens avancent à petits pas dans le couloir. Je reçois un coup sur l'arrière du mollet. J'entends une voix me dire :

— Excusez-moi, sœur !

— Ce n'est rien.

Un rapide coup d'œil m'a suffi. C'est un des leurs. Avec sa grande barbe et sa manière de m'appeler « sœur », il n'y a aucun doute. La peur s'empare de moi. Ça fait des années que je n'avais pas entendu ce mot employé dans ce sens. « Il m'a peut-être vue sans voile dans l'avion. Non, ce n'est pas possible, il était bien derrière moi. À l'aéroport, à Paris, il m'a forcément vue. Mais je n'étais pas la seule : la plupart des femmes ne portaient pas encore leur voile. Et puis, ils savent très bien qu'une fois sorti de l'Iran, presque personne ne porte le voile. Il ne faut pas que je panique. » La plus courageuse de mes voix intérieures remporte momentanément la victoire.

À peine ai-je franchi la porte que le froid et le noir me saisissent. Sur cette terre, ici-bas, ils ont raison, les mollahs, nous sommes vraiment dans les ténèbres. J'avais oublié : en Iran, les villes sont ensevelies dans la nuit. Depuis la révolution, on a supprimé l'éclairage urbain et les coupures d'électricité sont très fréquentes. Cette obscurité me rappelle les longues heures où je travaillais à la lumière d'une lampe à gaz. Un autobus nous transporte. Il s'arrête devant une salle de l'aéroport. Les gens s'empressent pour être les premiers dans la queue. Je n'ai ni l'envie ni le courage d'accélérer le pas. Dès mon entrée, la réalité me prend à la gorge. Ce contact soudain, oui, soudain car, même si je m'y suis longuement préparée, la conscience physique de cette réalité, je l'avais complètement oubliée. Ce contact soudain m'accable, m'écrase, comme un camion qui renverse et écrase le fou, le suicidaire qui se jette devant lui pour le défier. Sortie de la nuit, je suis éblouie par la lumière crue et blafarde. J'avance dans la réalité, mais j'ai la vision d'un cauchemar. Dans cette salle aux murs délavés d'un bleu fade, sous la blancheur du néon, les visages pâles des femmes s'endeuillent. Dans leur manteau long et sombre, sous leur voile noir, elles s'effacent. Les visages austères des hommes se sont tendus. Les passagers s'avancent, soumis, la tête baissée devant le symbole de la violence : les kalachnikovs à l'épaule des *pasdaran*. Aucun signe de joie n'ose s'afficher. Le retour au pays s'effectue dans un silence de mort.

Bientôt ce sera mon tour. Deux *pasdaran*, chacun dans son guichet, contrôlent les passeports. Depuis plus de dix minutes, tout le monde est déconcerté par une femme d'une quarantaine d'années qui s'explique avec des mouvements paniqués devant l'un des guichets. Autour de moi, les visages se sont encore assombris. Chacun se concentre sur son sort. La file avance lentement et les abîmes de l'enfer s'ouvrent sous mes pieds. Engloutie par la peur mais gagnée par l'indifférence, je me résigne à l'inéluctable. Peut-être tout va-t-il finir ici et maintenant. C'est mon tour. Je glisse mon passeport sous la vitre, sans lever la tête et sans dire un mot. Il le feuillette, vérifie sur son ordinateur. Je ne ressens rien, rien du tout. Il le tamponne et me le rend. Mes pas me dirigent mécaniquement vers la salle de livraison des bagages. Ma valise est déjà là et tourne sur le tapis roulant. Je l'attrape. À la douane, je passe au feu vert sans que personne m'arrête.

Est-ce ma valise ou mon corps qui pèse si lourdement ? Tout s'est bien passé. Mes angoisses n'avaient pas lieu d'être. Et pourtant elles persistent. Elles sont là, dans ma gorge. Dans quelques secondes, je vais retrouver ceux qui me sont chers. Je devrais être heureuse, mais personne ne vit en moi.

Ma mère a vieilli. Elle me serre contre elle. Elle m'embrasse. Nous sommes corps à corps. Cependant, une longue distance, comme celle de Paris à Téhéran, s'installe entre nous et m'empêche de sentir la chaleur de ses bras. Je suis là, mais je ne suis pas encore arrivée. Nos larmes se mêlent sur nos visages, mais je ne sais quelle joie, quelle tristesse ou quels regrets les font couler. Comme si cette distance qui nous a durant des années séparées nous avait rendues insensiblement étrangères l'une à l'autre. Suis-je celle qui est là, ou quelque autre qui ne reviendra jamais vraiment ?

Je tiens ma tasse à deux mains. Je l'approche de mon visage. L'odeur du thé persan m'enivre et la chaleur de la porcelaine transmet au bout de mes doigts glacés une sensation de volupté animale qui me détend. Je suis contente d'être chez moi. Je m'imagine en train de flâner. Je me rends compte que cette ville m'a manqué : les quartiers, les boulevards, les rues, l'agitation des gens, même la pollution ! Je n'avais jamais ressenti cette ferveur auparavant, pendant mes années d'exil où mon jugement sévère, mon tempérament pessimiste me défendaient contre l'idéalisation du passé, le mal du pays, comme pour me protéger d'une insoluble nostalgie. À présent je serai moins dure, et je vais vivre, je le sais, quatre semaines de pur plaisir. Chaque rencontre sera joyeuse et l'attendre excitant. Je bois une gorgée. Le thé descend dans mon corps, me traverse, me pénètre, en douceur, chaleureusement. Une infinie béatitude s'empare de moi. Ma tasse toujours entre les mains, je m'abandonne au plaisir de la rêverie.

Téhéran déborde de monde, de voitures, de bidonvilles, de périphériques, de pollution, de quartiers pauvres, de mendiants, de jeunes désœuvrés, de drogués. Je m'arrête là. J'ai décidé de voir le bon côté des choses, d'être optimiste. Il suffit d'un peu de volonté. De savoir détourner la tête. De fermer les yeux. De prendre la vie à la légère. N'empêche que depuis plus de deux heures je cours derrière les taxis pour essayer d'en attraper un. J'ai perdu la main. Lorsque l'un d'eux s'arrête, avant même que je n'arrive à sa hauteur, entouré d'une dizaine de personnes qui se bousculent, il s'est rempli et a déjà redémarré. Je me demande comment il se fait que les mollahs, si soucieux de la bonne distance entre les sexes, ne se soient pas préoccupés des taxis, où s'entassent femmes et hommes, les uns contre les autres, bras contre bras, cuisse contre cuisse. Deux à l'avant, à côté du conducteur, trois ou quatre à l'arrière. Ils auraient pu inventer quelque chose : le taxi monosexe, par exemple. La course entre les femmes aurait été moins fatigante et la concurrence moins rude. Car *Ladies first !* n'existe pas ici.

Un peu plus loin, au milieu du boulevard, je réussis à monter dans une des voitures privées qui transportent des passagers. C'est le deuxième, voire le troisième métier d'un grand nombre de gens, possédant une voiture, bien sûr : sur le dos ce serait trop lourd, et puis Téhéran est une ville énorme. Coincée entre un homme à ma droite et le changement de vitesse à ma gauche, dont le levier n'arrête pas de rentrer avec la main du conducteur dans ma cuisse, je suis à moitié assise. Sur l'avenue d'Amir Abade, qui est à double sens, la circulation est ralentie. Nous n'avançons plus. Soudain, une voiture surgit, nous double en empruntant l'autre côté de la chaussée, à contresens. Notre chauffeur, lui, ne fait ni une ni deux, se lance à sa poursuite, accélère et parvient même à le doubler. Je raidis les jambes, m'arc-boute contre mon siège et ferme les yeux.

Enfin, j'arrive. Comme ni les vrais ni les faux

taxis n'ont de compteur, c'est le chauffeur qui calcule le prix.

— Combien vous dois-je ?

Il me répond, selon la coutume :

— Je vous en prie, ce n'est rien...

Après deux secondes, il précise :

— Trois cents tomans.

Je lui tends trois billets de cent, en ajoutant :

— Les prix ont augmenté !

— Oh oui, c'est Téhéran. Vous venez de province ?

Je ne lui réponds pas et ferme la portière.

Je traverse la rue de Gândhî en me faufilant entre les voitures, m'engage dans une impasse où habite une de mes anciennes copines, Azar. D'après elle, je n'ai pas changé d'un poil et, d'après moi, elle a changé de la tête aux pieds. Face à elle, élégante, mince, bien habillée, maquillée et parée de bijoux, mon allure estudiantine, fidèle à autrefois, souligne le temps qui nous a séparées.

Nous nous parlons, mais sans rien dire d'important. Elle travaille maintenant dans la clinique de son oncle, lui aussi dentiste. Elle me raconte ses deux voyages en Angleterre et en Allemagne. Elle a envisagé d'y rester, mais, après avoir constaté dans quelles conditions vivent les réfugiés iraniens, a préféré être dentiste en Iran que chômeuse ou baby-sitter là-bas.

— Ici, j'ai un certain prestige, l'argent, le confort et la liberté. Je suis docteur. Bien sûr, dans la rue, je dois porter le foulard, comme tout le monde, et il n'y a pas de distractions, de discothèques, mais à la maison je peux faire ce que je veux et, en plus, les soirées, ici, c'est autre chose.

Elle parle avec assurance, autant pour se convaincre elle-même, peut-être, que pour me convaincre.

— Bon... Chaque pays a ses inconvénients. On ne peut tout avoir. Mais on s'amuse bien ici, tu verras.

Elle m'explique que la soirée a lieu chez le fils d'un des patients de son oncle, qui est milliardaire, et que son fiancé viendra nous chercher.

— Il travaille beaucoup avec l'étranger. Il est dans l'import-export et il connaît des gens haut placés dans le gouvernement. Comme il dit, aujourd'hui on peut tout faire ici, mais il faut trouver le bon chemin. De toute façon, continue-t-elle après quelques secondes, cette situation ne va pas durer éternellement et un jour

113

ça s'arrangera. Ce jour-là, ce sera difficile pour ceux qui retourneront au pays. Ils auront du mal à trouver un travail et à se faire une vie.

Je l'écoute sans mot dire, sans commentaires. Mon attitude l'encourage. Elle me parle de plus en plus d'elle, de sa vie, de ses échecs amoureux. Avant de partir, elle me propose de me prêter une de ses robes pour la soirée car les gens y viendront très habillés. Je lui dis que non, que ça ira comme ça.

Le fiancé d'Azar gare sa BMW sans difficulté. Le nord de Téhéran n'est pas surpeuplé comme les quartiers pauvres du sud.

— C'est une très belle propriété de dix mille mètres carrés, une demeure magnifique, construite avec beaucoup de goût, ce qui n'est pas toujours le cas, me dit Azar d'un ton légèrement infatué, comme si elle en était propriétaire.

Un portail géant s'ouvre devant nous. Des lumières discrètes aux quatre coins du jardin en révèlent l'étendue — les riches ont leur propre groupe électrogène pour faire face aux coupures de courant. Un chemin dallé de marbre serpente à travers la pelouse bien entretenue. Des massifs de fleurs et quelques statues se laissent deviner dans l'ombre. Une grande piscine jouxte la terrasse, elle aussi en marbre. Le bruit des jets d'eau et le jeu des lumières de toutes les couleurs célèbrent innocemment la richesse des heureux possesseurs du lieu. Je pense à *Mon Oncle*, le film de Tati. Une domestique, dans le vestibule, nous débarrasse de nos manteaux. Notre hôtesse apparaît : scintillante d'or et de diamants, une de ces fausses créatures blondes au sourire appliqué et aux gestes artificiellement distingués. Elle nous dit d'une voix minaudante une formule habituelle de bienvenue :

— Ah ! ma chère Azar, entrez, entrez... Comme je suis contente de vous voir ! Vous êtes rayonnante. Vous allez donner de l'éclat à notre soirée.

Azar me présente : une amie qui vient d'arriver de France.

— Ah ! Paris ! La capitale de la mode ! Nous aurons beaucoup à nous dire !

Je réponds bêtement oui.

Nous pénétrons dans un salon de dimensions imposantes éclairé par un grand lustre en cristal. Plusieurs ensembles de meubles de style, repoussés contre le mur, laissent à découvert le gigantesque tapis de Tabriz que foulent orgueilleusement les talons aiguilles des femmes, toutes couvertes d'or et de diamants. Les hommes eux aussi ont des allures de copies conformes : leur coupe de cheveux, leurs vêtements rappellent les derniers acteurs américains. Quelques filles dansent au milieu. D'autres, assises, les regardent. Certaines discutent discrètement pour ne pas perturber le spectacle. Les hommes, en majorité debout, verre de whisky à la main, observent d'un œil expert celles qui dansent et en apprécient la prestation. Azar m'abandonne pour remettre en état sa coiffure qui s'est aplatie sous le foulard. Je me sers un whisky et profite de son absence pour me blottir incognito dans un coin.

Un jeune homme, grand, mince, avec un pantalon serré d'un noir brillant et un gilet, bras nus, se met au milieu du salon. Une jeune fille très belle, habillée, dans le même satin, d'une minijupe et d'un boléro, le nombril dénudé, le rejoint. Les autres s'écartent. Elle tourne sur elle-même en faisant voler sa jupette et se laisse choir dans les bras de son cavalier qui la reçoit à la Roméo. Il la maintient quelques secondes sans bouger. La musique iranienne est remplacée par une samba. Leur danse à deux commence, tout comme dans un show télévisé. Personne n'ose se mesurer à leur performance et, jusqu'à la fin du morceau, ils restent les seuls à danser. Fort appréciés par les spectateurs, qui les applaudissent, ils cèdent la place aux autres. On remet le même disque et plusieurs couples commencent à danser. J'aperçois Azar. Elle est à ma recherche. Je lui fais signe.

— Où t'étais-tu cachée ? Viens, on va voir quelques amis.

— Ah ! pitié !

— Tu n'as pas changé ; même Paris n'a pas réussi à te rendre sociable.

— Ce n'est pas ça, c'est que je ne connais personne.

— Justement, c'est pour ça que je vais te présenter quelques copains.

— Mais je ne sais pas quoi dire.

— Comment ça ? Tu arrives de Paris et tu manques de sujets de conversation ?

— Eh bien, oui ! dis-je désespérément.

Nous en sommes déjà aux présentations. Azar continue à m'introduire comme une ancienne amie de l'université qui vient d'arriver de France.

— Oh ! Paris, c'est mon rêve, soupire une des filles en prenant une pose extatique ; je vais enfin y aller cet été, au cœur de la mode. J'ai un oncle qui vit à Paris.

— Vous êtes étudiante là-bas ? me demande un des garçons.

J'acquiesce.

— Et ça vous plaît, la vie à Paris ?

J'acquiesce derechef.

— Vous vivez à Paris même ou dans les environs ?

— À Paris même.

— On peut sortir et faire la fête tous les soirs à Paris, n'est-ce pas ? s'exclame encore la fille en me prenant à témoin.

— Si on aime ça, oui, pourquoi pas ?

— Et vous, vous sortez beaucoup ? Il doit y avoir des boîtes fantastiques, quand même ? me demande un autre garçon.

— Sûrement, mais je ne suis pas amateur de discothèques.

— Dites-nous au moins quelle est la nouvelle mode à Paris ! Vous ne pouvez tout de même pas ne pas être au courant, vous qui vivez dans la capitale de la mode ? m'assène un peu impérieusement une grande fille en s'avançant d'un pas pour faire valoir sa jolie silhouette.

— C'est pourtant le cas.
— C'est une intello, vous ne voyez pas ? s'interpose Azar en souriant.
— Ah bon ! Il fallait nous prévenir ! glousse une voix. Quelques rires fusent. Un ange passe, comme on dit en France. Le sujet est clos.

Les deux garçons restent, sans plus poser de questions, mais les filles se sont dispersées.

— Toujours aussi sauvage ! me murmure Azar.

La maîtresse de maison, la blonde, se dirige vers nous.

— Sauvons-nous !
— Trop tard ! me glisse Azar à l'oreille.

Elle est déjà là, exubérante. Sa voix de fausset s'abat sur nous.

— Vous vous amusez bien ? Vous avez été bien servies ? Faites comme chez vous, s'il vous plaît.

Sans attendre notre réponse, elle s'adresse à moi :

— Comme ça, vous vivez à Paris ?

J'acquiesce.

— Vous êtes étudiante, bien sûr ?
— Oui.

Ma tenue me sert de carte d'étudiante...

— En médecine, j'imagine ?
— Non.
— Ah bon ! Vous n'êtes pas étudiante en médecine ?

En Iran, si l'on est intelligente et sérieuse, on est étudiante en médecine.

— Nous étions dans la même faculté quand elle est partie, intervient Azar.

— Ah ! vous avez abandonné vos études ici ? Ça a dû être très dur pour vous. Remarquez, je comprends. C'est vrai que ce sont sept années difficiles.

Comme si elle en savait quelque chose !

— Vous savez, moi, je vis six mois par an aux États-Unis. À Los Angeles. J'ai été aussi plusieurs fois en Europe, à Paris, à Genève, à Londres. C'est bien, l'Europe ; mais les États-Unis, c'est autre chose. C'est beaucoup plus grand, plus moderne, plus développé. Vous voyez ce que je veux dire ? On est mieux aux États-Unis. Vous y êtes allée ?

— Non.

À peine ai-je eu le temps d'articuler mon « non » qu'elle a repris la parole. Ne pas connaître les États-Unis et ne pas être étudiante en médecine m'ont définitivement dépréciée à ses yeux. Sans plus me questionner, d'un air légèrement condescendant et d'une voix plus assurée, elle poursuit :

— Vous êtes jeune et ne pouvez pas savoir, mais, avant, les Iraniens avaient un certain prestige à l'étranger. Aujourd'hui, n'importe qui peut se réfugier en Occident, même les ouvriers, les pauvres, les paysans sans aucune éducation ; et ce n'est pas bon pour l'image de notre pays. Comme si ce régime islamique ne suffisait pas à entacher notre grande culture. À chaque fois qu'on voit des mollahs sur une télévision à l'étranger j'ai honte de dire que je suis iranienne. Je sais bien qu'on voit tout de suite que nous sommes d'une autre classe. D'ailleurs, nos amis américains, à Los Angeles, apprécient beaucoup notre générosité et notre accueil chaleureux. Mon mari travaille avec plusieurs sociétés étrangères. Tenez ! Il y a un mois, nous avions des invités français, de chez Total. Ils travaillent près de Bandar Abbas, sur un grand chantier pétrolier. Ils parlaient très bien l'anglais. Ils étaient impressionnés. Ils ne savaient pas qu'à Téhéran il pouvait y avoir des villas pareilles. Ils s'étonnaient de nous voir au courant de tout, des derniers films, des derniers shows, des derniers disques. Grâce à la parabole, nous ne regardons que les chaînes étrangères. Moi, le seul fait de voir ces barbus à la télé me donne des nausées.

Une des domestiques vient vers elle. Elle baisse la voix et nous susurre, complice :

— Excusez-moi. Même avec dix domestiques, vous n'êtes jamais tranquille.

Elle s'éloigne avec la bonne, notre salvatrice...

— J'ai admiré ta patience tout en craignant à chaque instant que tu lui rentres dedans.

— Au contraire, ça m'a amusée, dis-je à Azar pour la rassurer.

Son fiancé nous rejoint. Les gens se sont mis à danser un slow. Une domestique passe avec un plateau de boissons. Je troque mon verre vide contre un plein.

Cette soirée est loin de tout ce qu'Azar m'avait décrit. Mais, en dépit de ma déception, je ne regrette pas d'être venue. Ma situation d'intruse me réconforte. Je ne suis pas de ce monde, mais, à son contact, j'éprouve une satisfaction un peu perverse. Je ne suis pas de ce monde, mais il m'a fallu l'approcher pour sentir que je m'en étais à tout jamais éloignée.

Après un somptueux dîner et quelques danses, nous rentrons.

Azar et son fiancé me raccompagnent. Je somnole derrière. Soudain, Azar coupe la musique. La voiture ralentit. Elle s'arrête. Deux jeunes gens d'environ dix-sept, dix-huit ans, armés, en tenue de *pasdaran*, encadrent la voiture. Le fiancé d'Azar descend rapidement. L'inscription « Allah » sur le brassard vert qu'ils portent au bras me rappelle l'islam et ses interdits. Nous sommes dans le mois du ramadan et nous puons l'alcool. Je vois ma mort.

Il ne s'agissait visiblement pas d'un contrôle d'alcoolémie pour la sécurité routière !

Paniquée, terrorisée, je murmure entre mes dents :

— Qu'est-ce qu'ils vont nous faire ?

— Je ne sais pas. Prie seulement pour que ça se passe bien. Ne les regarde pas et baisse la tête, me souffle Azar sans se retourner.

Je baisse la tête, mais ne prie pas.

Après dix minutes, le fiancé d'Azar remonte dans la voiture, met le contact et, avant de redémarrer, passe le bras par la portière et fait un salut de la main en disant :

— Merci beaucoup, mon frère, merci, vous

êtes charitable. Je serai toujours votre obligé, votre serviteur.

Nous partons. Azar soupire :

— Dieu soit loué ! Tout s'est bien passé.

Fier, il regarde du coin de l'œil sa fiancée, pose sa main sur son genou et avec un léger sourire lui dit :

— Il ne faut pas avoir peur. Il suffit de me faire confiance.

— Ce n'est pas une question de confiance. Les voir me fait peur.

Je me penche vers l'avant et demande candidement :

— Comment avez-vous fait ? Vous les connaissiez ?

— Non, c'est leur tarif que je connais. Les temps ont changé. Avec la crise économique et l'inflation, ces pauvres petits agents d'Allah ne peuvent pas vivre de leur salaire. Du coup, ils ont sauté les échelons hiérarchiques, et, au noir, ils allègent directement la comptabilité d'Allah en encaissant sur place le prix du péché. Bien sûr, il faut savoir négocier. Sinon, ils sont capables de vous demander votre voiture.

— Et ça marche à tous les coups ?

— En général, oui. La vie est devenue tellement difficile et chère que chaque chose se paie.

— Et si on tombe sur un dur ?

— Là, vous aurez le fouet en plus.

— Vous avez donc payé l'amende, plus le prix du fouet ?

— En gros, c'est ça. Tout compte fait, ce n'est pas mal. Ça convient à tout le monde. Bien évidemment, il faut avoir des moyens pour racheter ses péchés. Mais là-dessus ils sont assez souples ; ils s'adaptent à leur clientèle.

Un peu étonnée, un peu rassurée, je me détends et m'enfonce dans la banquette.

Il neige depuis ce matin. J'adore la neige, son immense blancheur qui ensevelit candidement les laideurs. Les hivers de mon enfance étaient peuplés de bonshommes de neige.

Les flocons dansent dans l'air avec nos éclats de rire. Syamak est désopilant. Il pastiche Khomeyni qui, de sa voix traînante et insistante, mettait toujours l'accent sur la dernière syllabe de certains mots en les allongeant sans hausser le ton, comme s'il psalmodiait une prière. La même prière. Il radotait sans fin. Répétait presque mot pour mot les mêmes phrases mal fichues. Syamak commence par un de ses fameux slogans : « Nous exportons l'islam dans le monde entier », et improvise la suite à sa façon. C'est une nouvelle, vraiment nouvelle, version de Khomeyni :

— Nous exportons l'islam dans le monde

entier, mais en échange nous réclamons du bon whisky. L'Occident a besoin d'islam, nous de whisky. Il ne faut pas que les enfants de l'islam restent sans whisky. L'islam sera en danger sans whisky. Buvez à la santé de l'islam !

Toujours avec la voix de Khomeyni, il m'interpelle :

— Mademoiselle Françavie, savez-vous quelle est la meilleure marque de whisky ?

Étranglée de rire et pressée de connaître la réponse, je fais non de la tête.

— C'est le whisky « interdit » ! Oui, grâce à notre cher islam, nous buvons le meilleur whisky, celui que ce grand Satan d'Occident lui-même n'a jamais connu. Vous voyez de quoi est capable l'islam.

Nous éclatons de rire à nouveau.

Les flocons, enivrés, zigzaguent, trébuchent sur nos têtes, sur nos bras, sur les rochers, sur le chemin, et effacent nos traces de pas. Ici, la neige triomphe. Ici, nous sommes libres. La vie est belle. Nous sommes dans la montagne d'Elbourz, au nord de Téhéran. Dans un endroit perdu, loin des stations fréquentées par la foule et les gardiens de l'ordre moral.

Syamak s'approche et me prend le bras. C'est

un vrai comique. Dans un pays démocratique, il aurait pu faire une grande carrière d'imitateur. Pour le moment, il est médecin, affecté à Kerman, ville du sud-est de l'Iran. Et seuls ses amis profitent de ses dons. J'ai toujours eu du mal à l'imaginer sérieux. Ses petits yeux au regard vif et sa grande bouche incapable de se fermer complètement donnent à son visage une allure caricaturale.

Je retrouve avec mes amis quelques bribes des années insouciantes et de la complicité de jadis. Nous prenons plaisir à évoquer les souvenirs, à ressortir les vieilles plaisanteries, à nous moquer des mollahs et à nous laisser aller.

Nous avançons à petits pas, à la recherche d'un abri où faire halte. Au bout d'un moment, nous trouvons refuge dans une excavation peu profonde, mais assez vaste, dont les parois nous protègent du vent et de la neige. Assoiffés, affamés, nous ouvrons nos sacs à dos et en sortons des merveilles.

Homayoune se lève, étend le bras droit et, d'un geste de la main coutumier à Khomeyni, demande le calme.

— Silence ! Silence ! Taisez-vous ! C'est le moment de la grande révélation. Allah nous a élus et nous envoie, dans ces montagnes lointaines, une de ses bonnes bouteilles.

Il brandit la bouteille de whisky qu'il tenait dissimulée de la main gauche derrière son dos.

Nous applaudissons... Hourra !

Lui aussi, il est médecin ; affecté à Minabe, une petite ville du sud, tout près de Bandar Abbas.

Toujours dans sa coquille, Samade s'assied à côté de moi. Pendant toute la promenade, il n'a cessé de fredonner des complaintes anciennes. Je l'ai toujours connu hésitant, timide et distrait. Je sens qu'il voudrait me parler. Je lui tends la perche en lui demandant où il en est.

Il me confie qu'il a essayé plusieurs fois d'aller aux États-Unis par la Turquie et Dubayy. Mais le visa lui a été refusé. Il accepte mal, me dit-il, l'idée d'être condamné à vivre dans ce pays. Je lui suggère de tenter sa chance en Europe ou au Canada. Il hausse les épaules.

— Je ne parle qu'anglais. Je ne supporte pas le froid du Canada, et en Angleterre la condition des médecins est déjà assez difficile. Le temps de refaire mes études, je ne serai ni payé ni logé. Tandis qu'à l'ambassade des États-Unis en Turquie j'ai passé l'examen d'habilitation aux études de médecine, qui garantit une bourse. Dire que j'ai fait tout ça pour rien.

Il a tout misé sur les États-Unis, comme beaucoup d'autres, sans ignorer le caractère aléatoire de sa démarche, par manque d'imagination peut-être. J'en viens à me demander s'il a jamais vraiment désiré partir, ou s'il s'est composé un personnage, un peu aigri, un peu triste, dans la peau duquel il ne se sent finalement pas si mal : Samade ou l'éternel déçu.

Golnaze, Nâhide, Léyla et moi sommes des amies de lycée. Léyla est biologiste et sans travail. Elle est d'un milieu traditionnel et religieux. D'humeur sarcastique, elle ironise sur son sort.

— L'essentiel de mes activités se résume à l'inactivité. Je sais attendre demain. Je sais m'ennuyer. Faire le légume, déprimer, parfois rêvasser. Je me suis accoutumée à me languir de la vie. Cependant, malgré mes multiples préoccupations existentielles, j'ai l'honneur d'accomplir tous les jours quelques tâches ménagères fort nécessaires à une bonne santé morale.

Je n'ai jamais su si elle était vraiment croyante. Elle a toujours été pratiquante, par habitude ou lassitude peut-être. Elle ne boit jamais d'alcool.

Et aujourd'hui, elle ne mange pas. Elle respecte le jeûne.

Elle nous raconte :

— Je vais me marier le mois prochain avec le fils d'un des cousins de ma mère. Je n'ai pas encore eu l'occasion de le rencontrer en chair et en os. Il vit aux États-Unis. J'ai vu sa photo : il se tient bien. Sa voix au téléphone n'a rien de désagréable. On s'est même écrit deux ou trois fois ; il a plutôt une jolie écriture. Bref, il a tout pour faire un bon mari... De toute façon, ça ne peut pas être pire que ma vie actuelle. Le mariage est toujours un risque, et sans vivre sous le même toit, on ne peut connaître quelqu'un. Autant partir de ce pays.

Son histoire ne nous étonne pas. Le mariage à distance avec un Iranien résidant à l'étranger, par téléphone et échange de photos et de lettres, est très à la mode. Il est devenu pour les filles un moyen de quitter l'Iran. Non sans crainte et avidité, elles espèrent leur libération, et les futurs maris une virginité à déflorer. Mais ni les filles ni les hommes ne savent ce qui les attend. Parfois, le prétendant fait le voyage et vient sur place choisir la femme de sa vie parmi deux ou trois filles que sa famille a en vue. Mais la plupart du temps, à cause de la distance ou de sa condition de réfugié, il confie ce soin à sa mère ou à sa sœur.

Golnaze prend un air calculateur, donne un ton vicieux et intéressé à sa voix, et lui demande :

— Ton cher et futur époux n'aurait pas par hasard un frère, un cousin *or something like that* aux États-Unis ?

Tout le monde rit.

Golnaze a beaucoup de talent et une sensibilité d'artiste. Elle est peintre, enfin elle peint. C'est difficile d'être peintre en Iran, surtout pour les filles. D'ailleurs, il est difficile d'être quoi que ce soit pour une fille. En Iran, qui dit femme dit mère ; être femme, c'est être mère. Et une fois mère, on n'est plus rien d'autre.

Le vent souffle et il neige de plus belle. Homayoune verse à nouveau du whisky dans nos verres de plastique. Je décortique mes pistaches une par une après avoir soigneusement sucé leur coque salée — une habitude d'enfance que je n'ai jamais perdue. Nous levons nos verres au mariage de Léyla.

— Tu vas gâcher ton avenir céleste avec ces quelques misérables gorgées de whisky. N'oublie pas, heureuse mortelle, que les portes du paradis d'Allah sont ouvertes aux mères.

Syamak apostrophe Nâhide qui est mère d'une petite fille d'un an.

Elle lui rétorque aussitôt :

— Inquiète-toi plutôt de ton propre salut, car toi, tu as beaucoup à perdre. Dans le paradis d'Allah, les houris, les jeunes filles éternellement vierges, sont réservées aux bons musulmans mâles. Il ne faut pas que tu rates ça. Moi, l'idée de devoir à plus de soixante-dix ans rivaliser avec elles ne m'enchante pas du tout. Autant aller en enfer.

Nâhide a toujours été d'une intelligence foudroyante. Sa capacité d'apprentissage est unique. À vingt-sept ans, elle est pédiatre. Elle me prend par l'épaule. Nous faisons quelques pas ensemble.

— Tu as bien fait de tout laisser et de partir. C'est toi qui as eu raison. La situation ne s'arrange pas. Il y a deux ou trois mois, le chef de l'association islamique nous a rappelé que les décrets religieux interdisent aux hommes et aux femmes médecins de discuter ensemble, sauf en cas d'absolue nécessité médicale. Comme si on ne le savait pas. Après dix années d'études sous la surveillance des mouchards islamistes, on sait à quoi s'en tenir. Entre filles et garçons, on n'avait même pas le droit de se dire bonjour. Mais le problème, c'est que n'importe quel morveux peut te demander des comptes, t'humilier, parce qu'il t'a vu parler avec un de tes collègues de l'autre sexe. Si tu ouvres la bouche, tu peux être viré sur-le-champ et craindre qu'ils viennent te chercher chez toi le lendemain matin. C'est lamentable. Et s'il n'y avait que ça ! Mais tout va de mal en pis : les hôpitaux sont remplis de jeunes médecins totalement nuls. Tu te rappelles que les professeurs étaient obligés de laisser passer chaque année un contingent d'islamistes bon teint, incultes. D'ailleurs, le gouvernement n'arrête pas d'en introduire dans les universités pour continuer à espionner tout le monde. Le résultat, c'est que, une fois qu'ils exercent à l'hôpital, ces abrutis n'écoutent personne et font des ravages. Tu imagines les dégâts ! Je suis à bout de nerfs. Nous avons décidé, avec mon mari, de tout liquider et d'essayer d'émigrer au Canada.

Une boule de neige s'écrase sur la tête de Nâhide et, avant que je n'aie le temps d'y prendre garde, une autre sur la mienne.

— C'est pour refroidir vos têtes de philosophes ! déclame Syamak avec un sourire provocateur.

La guerre commence. Notre riposte est immédiate. En quelques secondes, la bataille se généralise. Les mains gelées, les joues rouges et brûlantes, essoufflés, épuisés mais reposés, nous prenons le chemin du retour.

Nous sommes heureux de nous être revus, écoutés. Autrefois déjà, nous avions connu ces moments de confiance qui nous donnaient l'illusion d'échapper aux cruautés et aux contraintes de la société. Aujourd'hui, ce sentiment a pour moi quelque chose d'un souvenir. J'ai l'impression que le temps s'est figé. Rien n'a changé. Rien ne change ici. Les adultes sont restés prisonniers de leurs fantasmes d'adolescents. Ils rêvent de départ. Ils piétinent.

Les derniers flocons de neige, fatigués, se laissent emporter par le vent. À la tombée de la nuit, entre chien et loup, nous sommes presque en bas.

Je décroche le téléphone. Un instant d'hésitation. Je fais le numéro, les trois premiers chiffres. Non. Je raccroche. Soit je ne suis pas sûre de ce que je veux, soit je n'ose pas le faire. Je ne sais pas. Mais je sais que je ne peux plus continuer à penser, à imaginer, à m'enfiévrer, à me questionner sans fin.

Revenir après plusieurs années d'exil dans le pays de son adolescence, de son enfance, donne les courages les plus inespérés, l'audace d'exhumer les désirs les plus enfouis. Les années d'absence, de distance, de séparation précisent peut-être dans nos cœurs ou même nous révèlent ce que nous avons laissé, perdu de plus précieux dans la terre natale. Je voudrais en trouver, en retrouver la trace, connaître ce qui était le plus vrai en moi, ce à quoi j'ai dû renoncer. Je suis à la recherche d'un passé avorté, d'une vie que j'ai enterrée au plus profond de moi.

Hier, impulsivement, sachant bien qu'il n'y aurait pas de réponse, j'ai composé les deux anciens numéros de téléphone que je connaissais par cœur. Les deux numéros que j'avais faits des centaines de fois pour joindre mes amies. Et si ça répondait ? Quand j'appuyai sur les touches, quelque chose de magique, de vivant, fit battre mon cœur. Je crus ressentir leur présence, la force du lien qui nous unissait.

Avant de quitter l'Iran, à vingt-quatre ans, je n'avais jamais essayé de revoir Mahsa. Après notre fugitive rencontre dans la rue, je l'avais laissée partir, comme tant de fois dans mes rêves. J'aurais pu lui demander son adresse. J'aurais pu la chercher, puisque je savais qu'elle habitait toujours Téhéran. Mais je vivais la honte et la culpabilité chaque fois que je pensais à elle. J'avais honte d'avoir vécu librement pendant ses années d'emprisonnement et je me sentais coupable de tout ce qu'elle avait enduré. Et Sara ? Je lui en avais voulu de sa soudaine disparition, d'avoir rompu notre amitié, alors qu'elle était morte, qu'on l'avait fusillée. J'étais trop égoïste, trop préoccupée de moi-même.

Après l'arrestation de Mahsa, je me suis pliée à la volonté de mes parents. Je suis devenue l'exemple même de l'obéissance. Quand Sara et sa famille ont disparu, on m'a changée d'école. Je soupçonnais qu'ils avaient été arrêtés, mais j'ai préféré croire qu'ils étaient partis. La prison, les horreurs qu'on y faisait subir aux prisonniers me terrorisaient. J'ai choisi de suivre mes études sans histoire et de prendre pour amies, comme disait ma mère, des filles « moins révoltées ». Avec le temps, j'avais presque réussi à les oublier. J'ai trahi notre amitié.

Et pourquoi maintenant ce désir lancinant de retrouver sa trace ? Pourquoi vouloir à tout prix savoir ce qu'elle est devenue ? Est-ce vraiment elle que je cherche ou une partie de moi ? Ne ferais-je pas mieux de brider mes sentiments comme j'y étais si bien parvenue à treize ans ? Dans deux semaines, je repartirai à Paris. Je serai loin de ce monde et mes tourments se calmeront. Je serai loin de ce monde, mais pas de mes souvenirs.

Je décroche à nouveau le téléphone. Je compose le numéro. Ça sonne. Fébrile, mais décidée, je garde l'appareil à la main.

Depuis deux jours, tous mes efforts pour trouver l'adresse ou le téléphone de Mahsa avaient échoué. En feuilletant dans mes vieilles paperasses, je suis tombée sur une carte de visite au dos de laquelle il y avait deux lignes d'une écriture serrée, au crayon et à moitié effacées : une adresse, un téléphone et un nom, Mina Darvichian. À peine eus-je déchiffré ce nom que son visage m'apparut. Comment n'y avais-je pas pensé plus tôt ? Mina, notre protectrice, notre responsable... Je suis restée au grenier, immobile, devant son nom, devant son visage, dont l'expression profonde et chaleureuse nous avait séduites toutes les trois dès la première fois, dans l'autobus qui nous conduisait vers les champs de haricots. Avec son air grave et affectueux, sa voix posée mais ardente, ses mots simples et pénétrants, elle avait gagné tout de suite notre confiance et nous avait fait vivre une journée inoubliable.

Elle aura sûrement des nouvelles de Mahsa. Elle saura où elle est, ce qu'elle fait.

À la quatrième sonnerie, on décroche. L'émotion me coupe le souffle. Je manque raccrocher. Sa voix, sans insistance, mais d'un ton accueillant, répète : « Allô ? » Un son s'échappe de mon larynx. Notre surprise est réciproque, notre échange bref. Nous nous verrons demain.

J'essuie avec une joie enfantine mes yeux humides. Ce soir, j'ai envie de ne rien faire. Je reste seule et, dans l'attente, je vis ce passé qui jaillit comme le jour.

Il est trois heures de l'après-midi. Je suis en avance. J'erre dans la rue. Un camion est tombé en panne et bouche le passage. Les voitures klaxonnent. C'est un quartier ancien que je ne connaissais pas. Je m'arrête devant l'échoppe d'un cordonnier. Un vieil homme, assis à côté d'un poêle à pétrole, est penché sur son ouvrage. Il lève la tête. Je reprends mon chemin. Il fait froid. Je regarde ma montre. Les minutes sont longues. Et pourtant quinze années ont passé.

Je remonte machinalement la rue jusqu'au prochain carrefour. Je ne pense à rien, à rien de précis. Indécise, un peu vide, je reviens sur mes pas. De l'enthousiasme d'hier ne me reste qu'un vertige. J'essaie en vain de m'accrocher à mes souvenirs. Mais aucune image, aucune scène ne me tend la main. Le passé qui était là hier soir me paraît si loin. Tout s'affaisse en moi, avec moi. Je dois être fatiguée. La nuit fut longue et sans sommeil...

Je suis devant l'immeuble. Je monte l'escalier jusqu'au troisième étage. Elle m'ouvre la porte. Ce n'est pas elle. J'entre. C'est une femme de trente-cinq ans, avec quelques mèches blanches dans ses cheveux noirs coupés court. C'est un visage amaigri, creusé de quelques rides autour des yeux. Ce n'est plus elle. Elle me conduit dans un petit salon. Nous n'avons pas encore prononcé un mot. Je m'assieds dans un fauteuil. J'essaie d'effacer la grimace d'un sourire qui s'est figé sur mes lèvres, une de ces expressions convenues que commande la politesse grossière et mensongère. Alors qu'en ce moment même je n'arrive pas à maîtriser ni à comprendre l'appréhension qui me perturbe. Je suis tendue, raide. Toutes les raisons qui m'ont amenée ici se brouillent dans ma tête. Je ne sais plus ce que je cherchais, de quel espoir s'étaient nourris mes pensées insensées, mes actes impulsifs. Qui est cette femme que je suis venue voir ? Elle n'est plus elle. Je ne suis plus moi. Si j'en avais la force, je me sauverais ou j'éclaterais en sanglots. Elle, qui m'avait tourné le dos pour sortir deux tasses du buffet, ou pour me donner le temps de me reprendre, se retourne et me dit :

— Une tasse de thé nous réchauffera la gorge.

Elle a toujours la même voix rassurante. Elle sort. Elle revient après quelques minutes avec un plateau chargé.

— Tu as grandi ! Si je t'avais croisée dans la rue, je ne t'aurais pas reconnue.

J'allais lui dire : « Moi non plus ! » Mais je me tais.

— Ça fait combien d'années ? Je ne sais même plus. Que le temps passe !

Le reflet d'un regret assombrit son visage. Elle nous sert le thé.

— Tu prends du sucre ?

— Oui, merci.

— Peut-être serais-tu plus à l'aise si tu enlevais ton manteau et ton foulard ?

Elle me les prend.

Nous buvons le thé.

— Ton coup de fil m'a ébahie. Tu, tu n'étais pas en prison ?

— Oh non, pas du tout. En fait, moi, non, mais Sara et Mahsa, oui.

— Je l'ai su. Mais elles sont sorties, non ?

Elle en sait moins que moi.

— Mahsa, oui, mais Sara a été fusillée avec ses parents et sa sœur Afsané.

Elle pousse un cri étouffé, se prend la tête à deux mains.

— Quel massacre ! Quel massacre !

Dans son regard dévasté, d'autres morts ressuscitent. Elle m'interroge :

— Et Mahsa, comment va-t-elle ? Elle s'est remise ?

— Je ne sais pas. Je croyais... que toi, tu le saurais.

— Non. Je n'ai eu aucune nouvelle, ni d'elle, ni des autres amis, ni même de mon fiancé, Arman. J'ai dû me cacher trois années. Un jour, ils sont venus me chercher, ici même, à la maison. J'étais sortie. Avant que je ne rentre, un voisin qui m'attendait m'a prévenue. Je me suis enfuie. Ils avaient embarqué mes parents, mais après quelques semaines, ils les ont relâchés. Je suis allée dans une petite ville à la frontière du Pakistan, où nous avons de la famille. J'attendais le calme pour revenir. Mais les arrestations continuaient et ils étaient toujours à ma recherche. J'ai prolongé mon séjour. J'ai même tenté une fois de passer la frontière pour quitter l'Iran. Mais le trafiquant à qui j'avais donné tout mon argent a disparu. J'ai vécu là-bas, comment dire ? un temps suspendu, une attente de trois ans.

Lorsque je suis revenue à Téhéran, tout était changé. Il n'y avait plus aucune opposition, plus personne à arrêter. J'ai frappé à toutes les portes pour savoir où étaient Arman et quelques amis proches. J'ai su qu'ils avaient été arrêtés. Certaines familles avaient le droit de visite, rarement et dans des conditions particulières et difficiles, mais au moins ils savaient où se trouvaient leurs enfants et combien d'années ils devraient encore les attendre. Pour d'autres, comme Arman, même leur famille ne savait rien.

Elle raconte, l'œil fixé sur un coin de la pièce. Et moi, je l'écoute, l'œil fixé sur elle pour ne rien perdre du passé qui défile dans son regard. Elle se tait quelques instants, soupire et continue :

— Tout cela remonte à... au moins douze, quinze ans. J'ai l'impression que c'était une autre vie, que c'est une autre personne qui l'a vécue. Tous ces morts, tous ces massacres pour rien.

— Et tu ne sais toujours pas ce qu'est devenu Arman, s'il est... ?

Je ne termine pas ma phrase.

— Je sais, enfin tout prouve qu'il a été tué. Mais où et quand, je l'ignore. On n'a pas donné son corps à ses parents. On ne leur a pas indiqué où il avait été enterré non plus. Son père, qui était un notable du quartier, avait continué à aller régulièrement à la prison d'Évine pour demander s'ils avaient arrêté son fils. Pendant quatre ans, le pauvre homme n'avait eu aucune réponse jusqu'au 5 mai 1985, où on lui a dit que son fils avait été fusillé, sans préciser quand. Il est venu me voir le jour même.

Elle lève les yeux vers moi et ajoute :

— Il est mort quelques mois plus tard d'une crise cardiaque.

Après quelques minutes de silence, elle me regarde à nouveau.

— Tu espérais donc que j'aurais toujours des relations avec Mahsa ? Eh bien, non. Tu vois, de cette époque il ne me reste que quelques deuils. Trois amis sont sortis de prison après de longues années de détention. Je ne les ai vus qu'une fois. Entre ceux qui ont fait de la prison et ceux qui y ont échappé, les barrières sont infranchissables. À leur sortie, toutes les aspirations révolutionnaires étaient retombées. Beaucoup d'hommes et de femmes avaient disparu. Le monde extérieur avait changé, la société, les gens, moi aussi peut-être. Rien n'était plus pareil. Entre eux et le reste du monde un abîme s'était creusé, ils ne le comprenaient plus. Et ç'a été très difficile pour eux. Je crois que pour pouvoir survivre ils avaient besoin de prendre leurs distances et de s'éloigner de tous les amis de cette époque-là.

Elle me regarde droit dans les yeux, comme pour me donner un conseil.

— C'est inutile de courir après cette époque. Elle est morte et enterrée avec ceux qui l'ont faite.

Je reste muette. Je me sens bête et naïve. J'avais agi en proie à une nostalgie égoïste. Je m'étais imaginé que je pourrais retrouver un peu de mon passé. Un passé avec lequel j'avais coupé volontairement tout lien, et depuis fort longtemps.

Avec un sourire amer, elle ajoute :

— Il vaut mieux penser au futur et laisser le passé derrière soi.

Elle me demande ce que je suis devenue. Je lui raconte brièvement ma vie. Que j'ai quitté l'Iran il y a quelques années, que je suis maintenant étudiante à Paris.

Quant à elle, après la réouverture des universités, elle n'a pas pu reprendre ses études de botanique car cette discipline, comme beaucoup d'autres, avait été interdite aux filles au nom de la « révolution culturelle ».

— De toute façon, me dit-elle, ce n'aurait pas été très prudent de retourner à l'université. J'ai trouvé un travail dans la revue *Adineh*, où j'ai écrit quelques articles. C'était une période excitante, jusqu'au jour où le rédacteur en chef a été arrêté et la revue interdite. Je suis restée à nouveau quelque temps enfermée chez moi. Puis j'ai passé le concours de morale islamique pour obtenir une qualification d'institutrice. Ça fait déjà cinq ans que j'exerce dans une école au sud de Téhéran. Un quartier très pauvre.

Elle me décrit ses difficiles conditions de travail, le manque de locaux qui oblige à surcharger les écoles, à les remplir trois fois par jour d'élèves différents, le très bas rendement du travail scolaire, les échecs et les abandons en masse dès les premières années du primaire, la misère matérielle et morale des parents dépassés par la situation, la drogue qui fait des ravages, le pullulement des enfants exposés à tous les dangers, maltraités, abusés, violés, l'atmosphère irrespirable à l'intérieur de l'école où les islamistes ne cessent de surveiller les moindres faits et gestes de leurs collègues.

Elle m'apprend aussi qu'elle est fiancée et va bientôt se marier.

— Quand j'ai su qu'Arman était mort en prison, je me suis sentie coupable d'être vivante, et je n'aurais jamais cru qu'un jour je serais capable de vivre normalement, encore moins que je pourrais en aimer un autre. Mais à la longue, les chagrins les plus profonds, les chagrins qui nous tiennent à cœur se fatiguent, s'émoussent.

— Est-ce un ami de cette époque ?

— Non, il n'a jamais été communiste. Je l'ai rencontré il y a un peu plus d'un an.

Mes yeux attentifs doivent exprimer ma curiosité piquée et mon envie d'en savoir plus. Car, sans que j'aie ouvert la bouche, elle continue :

— Tu ne vas pas me croire. D'ailleurs, moi-même, avant de le connaître, je n'aurais pas pu imaginer qu'un jour, moi, j'épouserais un islamiste.

Ma stupeur est telle que je m'écrie bêtement :

— Ce n'est pas vrai !

— Si, dit-elle calmement, c'est un des leurs, mais il n'est pas comme eux. Il travaille au ministère de l'Éducation. Avant, il faisait partie des *pasdaran*. Il est très différent. C'est un vrai croyant.

Je suis sous le choc, interdite. Elle parle toute seule, comme si je n'existais plus.

— C'est vrai, je ne suis pas religieuse et ne le serai jamais. D'ailleurs, je ne crois plus à rien. Lui, il a la foi et il sait que j'étais communiste, que je n'ai ni foi ni religion. Pourtant il m'aime. Et je crois que je l'aime. Depuis cette époque, c'est la première fois que je rencontre quelqu'un d'humain et d'entier. Il reconnaît les crimes commis par les islamistes. Il admet que les personnes correctes dans le système sont très rares. Mais lui, il a ses croyances et il fait ce qu'il peut. C'est quelqu'un de sincère et d'honnête. C'est pourquoi il n'a pas un poste important. Je l'ai rencontré dans une situation très particulière. J'avais de gros problèmes avec la directrice de l'école, une de ces islamistes forcenées. J'allais très mal. Je faisais une dépression. Tout m'était égal. Je crois qu'inconsciemment je faisais tout pour me faire arrêter. Il m'a apporté son soutien. Il m'a appris que l'important dans la vie, c'est de faire ce qu'on peut, si peu que ce soit. Je sais qu'il est cloîtré dans son monde religieux, mais il a beaucoup de qualités humaines que l'on ne trouve plus aujourd'hui dans ce pays de corruption, où aucune loi, aucune morale n'est respectée. Où les gens sont capables de tout pour l'argent. Pourtant, parfois, j'ai le sentiment de trahir tous mes idéaux, et surtout Arman. Il m'arrive souvent de penser à lui.

Ses yeux se sont embués, sa voix s'assourdit.

— Le pire, c'est que je suis obligée d'éliminer à jamais toute trace de notre amour, de nier ce que j'ai vécu avec lui : les plus beaux moments de ma vie.

Elle s'arrête et, d'un air dubitatif, murmure :

— J'aimerais pouvoir lui expliquer. Mais il ne comprendrait pas. Ce n'est pas sa faute. C'est contraire à ses dogmes. Ça briserait l'amour idéalisé qu'il a pour moi. Non, je ne peux pas lui avouer que j'ai fait l'amour avec un autre homme. Il me porte aux nues. Il tomberait de haut et ne le supporterait pas. Il ne peut pas concevoir qu'une fille n'arrive pas vierge au mariage.

Je suis tentée d'objecter que, s'il était vraiment différent des autres religieux, il respecterait ses convictions comme elle respecte les siennes et qu'il l'accepterait comme elle est, sans lui demander des comptes sur son passé. Mais je me retiens et ne dis mot. M'aurait-elle écoutée, entendue ? Je n'en suis pas sûre.

Elle continue à parler, comme quelqu'un qui

se confesse, qui se parle tout seul pour y voir clair, pour se soulager.

— Je suis dans une impasse. Je n'ai pas le choix. Ce qui me fait mal, c'est d'être contrainte de recourir à la même solution que toutes ces filles qui, pour sauver soi-disant l'honneur de leur famille, trompent leur mari avec une virginité recousue. Alors que moi, non seulement je n'ai pas honte d'avoir fait l'amour avec Arman, mais au contraire je suis heureuse qu'il ait vécu ça avant sa mort.

Elle se tait, esquisse un de ses sourires amers.

— Le mariage d'une ardente communiste avec un islamiste, quelle ironie du sort !

Je ne lui réponds que par mon silence embarrassé. Détrompée, désabusée, je la regarde et ne vois en elle qu'une ancienne inconnue. Nous ne sommes que deux étrangères, deux étrangères qui s'étaient croisées autrefois. Nous nous quittons affectueusement, sachant bien que nous ne nous reverrons plus.

Dans la rue, je marche à pas rapides et me dis que toute une vie nous nous trahissons et ne vivons peut-être que des rêves impossibles, des illusions et des mensonges, cependant que la vie change de visage à notre insu et nous trahit elle aussi.

Parvaneh

Je fais mes bagages. De la mosquée du quartier la voix du muezzin s'élève. Malgré les fenêtres fermées, elle est assourdissante. Toute l'aversion du monde pèse sur mon cœur. Je m'en vais. Je vais partir. Je n'aurais jamais dû venir ici, mettre les pieds dans cette maudite ville d'Arak. Mon ami Babak m'accompagne jusqu'à la gare routière.

Il y a quatre jours, il était venu m'y chercher. J'arrivais de Téhéran. Je ne connaissais pas la ville. Je lui avais proposé de rentrer à pied si la maison n'était pas trop loin. Comme nous n'étions ni frère et sœur ni mari et femme, il avait marché, pour raison d'« insécurité islamique », à quelques pas devant moi, et moi, je l'avais suivi, incognito. Je regardais à gauche et à droite. La ville se résumait à des rues sans âme, sans caractère et sans arbres, des trottoirs mal goudronnés, des petites cases en ciment et quelques misérables magasins d'alimentation et de vêtements. Le seul aspect vivant du paysage, c'était la population jeune et mâle. Des grappes de vingt ou trente pauvres hères agglutinés aux quatre coins des croisements de rues, tous occupés à égrener énergiquement leur chapelet. On aurait cru que, dans cette ville, les mères ne reproduisaient que le sexe masculin. À chaque carrefour, je sentais des centaines de regards malveillants qui me poursuivaient. Je marchais aussi vite que possible pour disparaître de leur vue.

L'apparence pauvre et lugubre de cette ville, à seulement deux cents kilomètres de Téhéran, m'avait accablée. Je cherchais en vain une trace de gaieté. Il faisait froid et gris. Le chemin était long et fatigant, mais je l'avais voulu. Je ne perdais pas Babak des yeux.

Il tourna à gauche ; après quelques centaines de mètres, encore à gauche. Enfin, il prit une ruelle qui débouchait étrangement, par un passage étroit, sur la pente douce d'une colline à la végétation rare. Des enfants y jouaient. Babak m'indiqua, d'un signe de tête, le paysage, voulant dire, pensai-je : « Tout n'est pas perdu ;

derrière les laideurs, il se cache parfois des beautés. » Nous nous sommes arrêtés un moment devant la maison pour regarder la mystérieuse colline qui se dérobait si malicieusement au spectacle de la ville.

Elle a jailli de la colline comme une source de vie, une cascade. Elle a dégringolé la pente et couru vers nous à toute vitesse.

— Bonjour ! Bonjour ! criait de loin sa voix enthousiaste.

Elle était là, devant nous, d'une beauté sans pareille. Ses mèches rebelles s'étaient échappées en désordre de son fichu noir, pourtant noué très serré sous le menton. Elle était surprise de voir Babak avec une fille. Ses beaux yeux verts, pétillants d'intelligence, scrutaient l'inconnue que j'étais. Avec une tendresse inquiète, elle les leva vers Babak et lui demanda d'un air mutin :

— C'est ta fiancée ?

— C'est ma cousine, répondit Babak d'un ton amusé.

Ses lèvres joyeuses esquissèrent un sourire effronté.

— Et c'est ta fiancée ta cousine ? insista-t-elle, insatisfaite de la réponse et sachant bien que l'un n'empêche pas l'autre.

Babak la rassura sans pouvoir retenir son rire, ajoutant qu'elle était bien curieuse pour son âge.

Une femme apparut sur le seuil d'une des maisons voisines et appela :

— Parvaneh, rentre ! Ton père ne va pas tarder.

Elle s'éclipsa. La porte se ferma derrière elle.

Je monte dans l'autocar. Une tristesse mortelle plane dans l'air. Babak s'en va. L'autocar s'ébranle. Il se met en route. La ville s'éloignera bientôt. Je pense à ces quatre jours passés. Mes larmes ne résistent plus et envahissent mon visage. Mes lèvres répètent : « Pourquoi ? Pourquoi ? » Depuis hier, c'est le seul mot qui résonne dans ma tête. Ce lancinant pourquoi se débat dans mon crâne, sans réponse, se cogne à mes tempes comme un oiseau sauvage aux barreaux de sa cage. Pourquoi ? Pourquoi ?

C'était une matinée de négociations sans résultat. Le responsable de l'éducation à Arak n'était pas moins dur qu'ailleurs. Mon plan avait échoué. J'avais espéré que, dans une petite ville, les mesures de surveillance seraient plus souples et que, avec l'aide de quelques relations, je pourrais m'introduire dans une école pour filmer et interviewer les élèves. Mais il s'avérait que j'avais fait tout ce chemin pour rien. Faire de la recherche en Iran, où que ce soit et sur quoi que ce soit, est interdit. Étudier, c'est apprendre par cœur les livres officiellement prescrits, sans se poser de questions, sans penser, sans réfléchir. On m'a bien fait comprendre que j'avais intérêt à renoncer à toute idée de recherche.

Les mains vides, le cœur gros, je pris le chemin de la maison. Je n'avais pas envie de rentrer. Je suis montée sur la colline. De l'autre côté, il y avait une petite étendue de steppe. Parvaneh était là avec d'autres enfants. Je me demandai par quel miracle cet endroit avait pu échapper à l'invasion du béton. Souriante, tel un éclat de soleil, elle était déjà en face de moi. Émerveillée par sa présence, je détaillai l'harmonie de sa beauté. La peau couleur de désert. Le petit nez fier. Les traits réguliers et fins de son visage symbolisant toujours la fraîcheur d'enfance. Ses yeux, les plus beaux que j'aie jamais vus, exprimaient une force incoercible. On ne pouvait ni les éviter ni soutenir leur regard. Cette petite fille était la beauté même. Ses habits pauvres et élimés, son fichu noir, son apparence sale révélant l'absence de soins maternels ne pouvaient que souligner l'insolence de sa beauté.

Comme la première fois elle avait crié de loin : « Bonjour ! »

Elle était à côté de moi, mâchant son chewing-gum sans rien dire.

— Tu joues avec tes amis ?

— Ce ne sont pas mes amis, ce sont des voisins. Je joue toute seule. À la maison je m'ennuie, alors je viens ici.

Elle était la seule fille qui jouait dans la rue.

— Tu n'as pas de frères et de sœurs ?

— Si, plein, mais je ne joue jamais avec eux. De toute façon, en ce moment, c'est l'anniversaire du deuil de l'imam Ali, le monde entier est en deuil et pleure. Notre maîtresse a dit que, si on jouait pendant son deuil, ce serait un grand péché et qu'on irait en enfer. Je ne comprends pas ; ça fait quand même très très longtemps qu'il est mort.

Je ne savais quoi répondre. Cette enfant avec ses mots simples exprimait la pesanteur étouffante de la religion. Je ne pouvais l'encourager. Ç'aurait été très imprudent. Je lui ai seulement dit que c'était dangereux de manger dans la rue pendant le mois de ramadan, spécialement les jours de deuil pour l'imam Ali, et qu'elle devrait faire attention à son chewing-gum. Elle m'a répondu :

— Je sais, mais avant que les *pasdaran* arrivent, je me serai sauvée. Je cours plus vite que les garçons.

J'avais envie de la serrer dans mes bras, de l'embrasser sur les joues, mais je me suis retenue.

— Vous allez vivre ici ?

— Non, je ne suis ici que pour quelques jours.

— Et vous vivez à Téhéran ?

Je lui ai répondu oui, même si ce n'était pas tout à fait le cas.

— Moi aussi, j'irai à Téhéran quand je serai grande, et même à l'étranger. Ici tout est moche, tout est triste, me dit-elle, pensive.

Elle parlait comme une adulte. Comme quelqu'un qui a conscience de sa situation et en souffre.

Le paysage défile à toute allure. À part une mère de famille, cachée sous son tchador, qui voyage avec ses trois enfants, tous les passagers sont des hommes. La fumée des cigarettes épaissit l'atmosphère. Une odeur de tabac, de sueur, de chaussettes sales flotte dans l'air. J'appuie mon front sur la vitre. Et pense à elle. Elle était à l'image de son prénom. En persan, Parvaneh veut dire « papillon ». Sautillant d'un coin à l'autre, elle était le plus beau et le plus rare des papillons. Vive, impatiente, elle semblait toujours près de s'envoler. Elle respirait la liberté.

À table, nous parlions d'elle. J'ai appris que son père était ouvrier et souvent sans travail. Sa mère travaillait de temps en temps comme femme de ménage. Durant les sept premières années de leur mariage, malgré leurs prières pour conjurer la malédiction jetée sur leur progéniture, ils avaient eu sept filles, espérant chaque année la naissance d'un garçon. Après trois ans d'abstinence, le huitième fut enfin un garçon. Profitant de leur bonne fortune, ils avaient mis le neuvième en route. Ce fut aussi un garçon. Mais le dixième à nouveau une fille ; c'était Parvaneh. Constatant le retour de la mauvaise fortune, les parents ne s'étaient plus risqués à procréer. Toute la journée à la maison, ses sept sœurs aînées attendaient qu'un prétendant frappât à la porte. Ses deux frères avaient aussi quitté l'école et aidaient leur père quand celui-ci trouvait du travail. Parvaneh, dont l'intelligence et la beauté ne tenaient de personne, était mal tombée.

— On dit parfois que certains parents mériteraient de meilleurs enfants. À mon avis, il y a beaucoup plus d'enfants sur terre qui mériteraient de meilleurs parents. Bref, ce vif-argent est le phénomène de la ville.

À peine la sœur de Babak eut-elle achevé sa phrase qu'une bagarre éclata dans la rue. Nous nous sommes précipités à la fenêtre.

Deux charrettes à bras chargées de sel étaient abandonnées au milieu de la rue. Deux garçons d'à peu près dix ans roulaient par terre. Ils se frappaient à mort. Les hommes du coin allèrent les séparer. Ils les tenaient éloignés l'un de l'autre, mais les gamins ne cessaient de vociférer. Le visage animé par la violence et la haine, les yeux injectés de sang, ils se lançaient des injures. D'une voix saccadée, le plus petit accusait l'autre d'avoir empiété sur son territoire et volé son travail. Frappant à chaque porte, ils échangeaient du sel contre du pain sec pour leurs animaux, comme beaucoup de gamins en province et dans les quartiers pauvres de Téhéran.

Nous avons débarrassé la table, affligés, silencieux.

L'après-midi, nous sommes partis visiter les environs de la ville. Je pensais à Parvaneh ; à l'amertume de sa voix quand elle m'avait dit : « Ici tout est moche, tout est triste. » Sans dévoiler mes sentiments à mes amis, je ressentais la même chose. Cette nature desséchée, vaguement herbeuse, avait quelque chose de désolant : une sorte de mélancolie, qui avait résonné dans la voix de Parvaneh.

Parvaneh est morte ce jour-là.

Nous descendions du taxi, lorsqu'un gamin cria : « Parvaneh est morte », en interpellant Babak et sa sœur. Babak finit de payer le taxi et apostropha rudement le gamin :

— C'est quoi ce jeu stupide ?

— Parvaneh est morte ! Parvaneh est morte ! répéta fébrilement le gamin.

Nous sommes restés foudroyés. Tous les voisins étaient dans la rue. Nous n'osions pas avancer, de peur que ce ne fût vrai.

Les enfants jouaient sur la colline. Les *pasdaran* avaient débarqué. Les enfants s'étaient sauvés. Parvaneh était tombée par terre. Ils l'avaient rattrapée. Elle s'était débattue en les insultant. À coups de bâton, ils l'avaient assommée.

Vers cinq heures, comme d'habitude, sa mère l'avait appelée. Parvaneh n'avait pas répondu. Furieuse de la désinvolture de sa fille, elle était partie sur la colline pour lui donner une paire de gifles et la ramener à la maison en la tirant par l'oreille. Elle avait trouvé son corps meurtri et inanimé. Affolée, elle avait crié au secours. Un voisin les avait conduites à l'hôpital. Mais c'était trop tard. Elle était déjà morte. D'une hémorragie des reins, avait précisé le médecin.

À dix heures du soir, la rue s'était vidée. L'affaire n'aurait pas de suite. La nouvelle se répandrait de bouche à oreille. Elle animerait pendant quelque temps les bavardages du quartier. Le sort de Parvaneh servirait de leçon.

J'ai passé la nuit dans un délire fiévreux. Je pensais aux années perdues, à l'amertume des souvenirs qui s'étaient gravés dans ma mémoire, aux désillusions révolutionnaires, aux amis assassinés. Une haine implacable transperçait mon corps. La haine de l'endoctrinement religieux. La haine du capitalisme et de la politique néocolonialiste qui protègent et nourrissent l'idéologie islamiste afin de mieux exploiter le tiers-monde. La haine de tous ceux qui ont soif de soumission et qui, au lieu de réclamer leur droit à la vie, embrassent le rôle des opprimés. La haine de ces phrases que j'avais entendues des milliers de fois dans leur bouche : « Nous avons l'islam. Allah est avec nous. » Sans l'islam, cette catastrophe historique qu'on a camouflée en révolution n'aurait jamais été réalisable en Iran. Sans l'islam, le sort de bien des pays aurait été autre. Et quand il n'y aura plus de pétrole dans ces pays-là pour intéresser les entreprises multinationales, quand celles-ci n'auront même plus besoin de la misérable consommation de sous-humains chaque jour plus appauvris, quel sera alors leur avenir ? Allah les prendra-t-il en charge, ou se chargera-t-on de tous les exterminer ? Je haïssais le monde dans lequel nous vivons et je haïssais aussi la rage impuissante et étouffée qui me brûlait.

Je ne sais si j'ai pu dormir, mais quand la voix du muezzin s'est levée à l'aube pour rappeler les versets coraniques et l'ordre islamique, j'étais déjà réveillée. J'avais fait mes bagages et n'attendais que de quitter cette ville. Babak se préparait pour m'accompagner à la gare. Nous évitions de nous regarder comme si nous nous sentions coupables de la mort de Parvaneh. Il m'a demandé seulement si j'étais sûre de vouloir partir si tôt. Je lui ai répondu : « Oui », et j'ai senti dans son soupir le désespoir de celui qui reste avec son malheureux destin.

Nous approchons des bidonvilles de Téhéran. Au fond de l'autocar, une mère de famille essaie de calmer ses enfants qui s'impatientent. Le plus jeune s'est mis à hurler de toutes ses forces. À ma gauche, des baraques en tôle longent la route. Des bandes de gamins courent vers l'autocar et nous font de grands signes de la main. Un instant, je crois voir Parvaneh courir parmi eux. J'écarquille les yeux. Son image disparaît. Je me dis qu'elle n'était pas la seule, que les enfants victimes des barbaries de notre monde sont innombrables. Parvaneh n'était que l'une d'entre eux, une de plus.

Mais Parvaneh, je l'avais vue. Je l'avais connue. Et puis je l'avais aimée.

Une semaine plus tard, j'étais chez moi. Dans ma chambre. À Paris.

J'aimais tant notre amitié	15
Une journée au paradis	58
La petite	73
Téhéran, hiver 1998	98
Parvaneh	152

DU MÊME AUTEUR

Aux Éditions Gallimard

BAS LES VOILES !, *Gallimard, coll. Hors série connaissance*, 2003 (Folio n° 4332)
QUE PENSE ALLAH DE L'EUROPE, *Gallimard, coll. Hors série connaissance*, 2004 (Folio n° 4331)

Chez d'autres éditeurs
JE VIENS D'AILLEURS, *Autrement*, 2002 (Folio n° 4288)
AUTOPORTRAIT DE L'AUTRE, *Sabine Wespieser éditeur*, 2004
COMMENT PEUT-ON ÊTRE FRANÇAIS, *Flammarion*, 2006
À MON CORPS DÉFENDANT, L'OCCIDENT, *Flammarion*, 2007
LA MUETTE, *Flammarion*, 2008

COLLECTION FOLIO

Dernières parutions

4595. Alessandro Baricco — Homère, Iliade.
4596. Michel Embareck — Le temps des citrons.
4597. David Shahar — La moustache du pape et autres nouvelles.
4598. Mark Twain — Un majestueux fossile littéraire et autres nouvelles.
4599. André Velter — Zingaro suite équestre (nouvelle édition)
4600. Tite-Live — Les Origines de Rome.
4601. Jerome Charyn — C'était Broadway.
4602. Raphaël Confiant — La Vierge du Grand Retour.
4603. Didier Daeninckx — Itinéraire d'un salaud ordinaire.
4604. Patrick Declerck — Le sang nouveau est arrivé. L'horreur SDF.
4605. Carlos Fuentes — Le Siège de l'Aigle.
4606. Pierre Guyotat — Coma.
4607. Kenzaburô Ôé — Le faste des morts.
4608. J.-B. Pontalis — Frère du précédent.
4609. Antonio Tabucchi — Petites équivoques sans importance.
4610. Gonzague Saint Bris — La Fayette.
4611. Alessandro Piperno — Avec les pires intentions.
4612. Philippe Labro — Franz et Clara.
4613. Antonio Tabucchi — L'ange noir.
4614. Jeanne Herry — 80 étés.
4615. Philip Pullman — Les Royaumes du Nord. À la croisée des mondes, I.
4616. Philip Pullman — La Tour des Anges. À la croisée des mondes, II.
4617. Philip Pullman — Le Miroir d'Ambre. À la croisée des mondes, III.

4618.	Stéphane Audeguy	*Petit éloge de la douceur.*
4619.	Éric Fottorino	*Petit éloge de la bicyclette.*
4620.	Valentine Goby	*Petit éloge des grandes villes.*
4621.	Gaëlle Obiégly	*Petit éloge de la jalousie.*
4622.	Pierre Pelot	*Petit éloge de l'enfance.*
4623.	Henry Fielding	*Histoire de Tom Jones.*
4624.	Samina Ali	*Jours de pluie à Madras.*
4625.	Julian Barnes	*Un homme dans sa cuisine.*
4626.	Franz Bartelt	*Le bar des habitudes.*
4627.	René Belletto	*Sur la terre comme au ciel.*
4628.	Thomas Bernhard	*Les mange-pas-cher.*
4629.	Marie Ferranti	*Lucie de Syracuse.*
4630.	David McNeil	*Tangage et roulis.*
4631.	Gilbert Sinoué	*La reine crucifiée*
4632.	Ted Stanger	*Sacrés Français! Un Américain nous regarde.*
4633.	Brina Svit	*Un cœur de trop.*
4634.	Denis Tillinac	*Le venin de la mélancolie.*
4635.	Urs Widmer	*Le livre de mon père.*
4636.	Thomas Gunzig	*Kuru.*
4637.	Philip Roth	*Le complot contre l'Amérique.*
4638.	Bruno Tessarech	*La femme de l'analyste.*
4639.	Benjamin Constant	*Le Cahier rouge.*
4640.	Carlos Fuentes	*La Desdichada.*
4641.	Richard Wright	*L'homme qui a vu l'inondation* suivi de *Là-bas, près de la rivière.*
4642.	Saint-Simon	*La Mort de Louis XIV.*
4643.	Yves Bichet	*La part animale.*
4644.	Javier Marías	*Ce que dit le majordome.*
4645.	Yves Pagès	*Petites natures mortes au travail.*
4646.	Grisélidis Réal	*Le noir est une couleur.*
4647.	Pierre Senges	*La réfutation majeure.*
4648.	Gabrielle Wittkop	*Chaque jour est un arbre qui tombe.*
4649.	Salim Bachi	*Tuez-les tous.*
4650.	Michel Tournier	*Les vertes lectures.*
4651.	Virginia Woolf	*Les Années.*
4652.	Mircea Eliade	*Le temps d'un centenaire* suivi de *Dayan.*
4653.	Anonyme	*Une femme à Berlin. Journal 20 avril-22 juin 1945.*

4654.	Stéphane Audeguy	*Fils unique.*
4655.	François Bizot	*Le saut du Varan.*
4656.	Pierre Charras	*Bonne nuit, doux prince.*
4657.	Paula Fox	*Personnages désespérés.*
4658.	Angela Huth	*Un fils exemplaire.*
4659.	Kazuo Ishiguro	*Auprès de moi toujours.*
4660.	Luc Lang	*La fin des paysages.*
4661.	Ian McEwan	*Samedi.*
4662.	Olivier et Patrick Poivre d'Arvor	*Disparaître.*
4663.	Michel Schneider	*Marilyn dernières séances.*
4664.	Abbé Prévost	*Manon Lescaut.*
4665.	Cicéron	*« Le bonheur dépend de l'âme seule ».* Tusculanes, *livre V.*
4666.	Collectif	*Le pavillon des Parfums-Réunis.* et autres nouvelles chinoises des Ming.
4667.	Thomas Day	*L'automate de Nuremberg.*
4668.	Lafcadio Hearn	*Ma première journée en Orient* suivi de *Kizuki le sanctuaire le plus ancien du Japon.*
4669.	Simone de Beauvoir	*La femme indépendante.*
4670.	Rudyard Kipling	*Une vie gaspillée et autres nouvelles.*
4671.	D. H. Lawrence	*L'épine dans la chair et autres nouvelles.*
4672.	Luigi Pirandello	*Eau amère. et autres nouvelles.*
4673.	Jules Verne	*Les révoltés de la Bounty* suivi de *maître Zacharius.*
4674.	Anne Wiazemsky	*L'île.*
4675.	Pierre Assouline	*Rosebud.*
4676.	François-Marie Banier	*Les femmes du métro Pompe.*
4677.	René Belletto	*Régis Mille l'éventreur.*
4678.	Louis de Bernières	*Des oiseaux sans ailes.*
4679.	Karen Blixen	*Le festin de Babette.*
4680.	Jean Clair	*Journal atrabilaire.*
4681.	Alain Finkielkraut	*Ce que peut la littérature.*
4682.	Franz-Olivier Giesbert	*La souille.*
4683.	Alain Jaubert	*Lumière de l'image.*
4684.	Camille Laurens	*Ni toi ni moi.*

4685. Jonathan Littell	*Les Bienveillantes.*
4686. François Weyergans	*La démence du boxeur.* (à paraître)
4687. Frances Mayes	*Saveurs vagabondes.*
4688. Claude Arnaud	*Babel 1990.*
4689. Philippe Claudel	*Chronique monégasque et autres textes.*
4690. Alain Rey	*Les mots de saison.*
4691. Thierry Taittinger	*Un enfant du rock.*
4692. Anton Tchékhov	*Récit d'un inconnu et autres nouvelles.*
4693. Marc Dugain	*Une exécution ordinaire.*
4694. Antoine Audouard	*Un pont d'oiseaux.*
4695. Gérard de Cortanze	*Laura.*
4696. Philippe Delerm	*Dickens, barbe à papa.*
4697. Anonyme	*Le Coran.*
4698. Marguerite Duras	*Cahiers de la guerre et autres textes.*
4699. Nicole Krauss	*L'histoire de l'amour.*
4700. Richard Millet	*Dévorations.*
4701. Amos Oz	*Soudain dans la forêt profonde.*
4702. Boualem Sansal	*Poste restante : Alger.*
4703. Bernhard Schlink	*Le retour.*
4704. Christine Angot	*Rendez-vous.*
4705. Éric Faye	*Le syndicat des pauvres types.*
4706. Jérôme Garcin	*Les sœurs de Prague.*
4707. Denis Diderot	*Salons.*
4708. Isabelle de Charrière	*Sir Walter Finch et son fils William.*
4709. Madame d'Aulnoy	*La Princesse Belle Étoile et le prince Chéri.*
4710. Isabelle Eberhardt	*Amours nomades.*
4711. Flora Tristan	*Promenades dans Londres.* (extraits)
4712. Mario Vargas Llosa	*Tours et détours de la vilaine fille.*
4713. Camille Laurens	*Philippe.*
4714. John Cheever	*The Wapshot.*
4715. Paule Constant	*La bête à chagrin.*
4716. Erri De Luca	*Pas ici, pas maintenant.*
4717. Éric Fottorino	*Nordeste.*

4718. Pierre Guyotat	*Ashby* suivi de *Sur un cheval*.
4719. Régis Jauffret	*Microfictions*.
4720. Javier Marías	*Un cœur si blanc*.
4721. Irène Némirovsky	*Chaleur du sang*.
4722. Anne Wiazemsky	*Jeune fille*.
4723. Julie Wolkenstein	*Happy End*.
4724. Lian Hearn	*Le vol du héron. Le Clan des Otori, IV*.
4725. Madame d'Aulnoy	*Contes de fées*.
4726. Collectif	*Mai 68, Le Débat*.
4727. Antoine Bello	*Les falsificateurs*.
4728. Jeanne Benameur	*Présent?*
4729. Olivier Cadiot	*Retour définitif et durable de l'être aimé*.
4730. Arnaud Cathrine	*La disparition de Richard Taylor*.
4731. Maryse Condé	*Victoire, les saveurs et les mots*.
4732. Penelope Fitzgerald	*L'affaire Lolita*.
4733. Jean-Paul Kauffmann	*La maison du retour*.
4734. Dominique Mainard	*Le ciel des chevaux*.
4735. Marie Ndiaye	*Mon cœur à l'étroit*.
4736. Jean-Christophe Rufin	*Le parfum d'Adam*.
4737. Joseph Conrad	*Le retour*.
4738. Roald Dahl	*Le chien de Claude*.
4739. Fédor Dostoïevski	*La femme d'un autre et le mari sous le lit*.
4740. Ernest Hemingway	*La capitale du monde* suivi de *l'heure triomphale de François Macomber*.
4741. H.P Lovecraft	*Celui qui chuchotait dans les ténèbres*.
4742. Gérard de Nerval	*Pandora* et autres nouvelles.
4743. Juan Carlos Onetti	*À une tombe anonyme*.
4744. R.L. Stevenson	*La Chaussée des Merry Men*.
4745. H.D. Thoreau	*«Je vivais seul, dans les bois»*.
4746. Michel Tournier	*L'aire du Muguet,* suivi de *La jeune fille et la mort*.

Composition Nord Compo
Impression Novoprint
à Barcelone, le 10 octobre 2008
Dépôt légal : octobre 2008
Premier dépôt légal dans la collection: octobre 2005
ISBN 978-2-07-030035-8./ Imprimé en Espagne